LE BAISER DANS LA NUQUE

HUGO BORIS

LE BAISER DANS LA NUQUE

roman

belfond
12, avenue d'Italie
75013 Paris

Si vous souhaitez recevoir notre catalogue
et être tenu au courant de nos publications,
vous pouvez consulter notre site Internet :
www.belfond.fr
ou envoyer vos nom et adresse
aux Éditions Belfond,
12, avenue d'Italie, 75013 Paris.
Et, pour le Canada,
à Interforum Canada Inc.
1050, bd René-Lévesque-Est,
Bureau 100,
Montréal, Québec, H2L 2L6.

ISBN 2-7144-4193-9

dla Ani Juszczak

PORTÉE. n.f. 1 – Ensemble des petits qu'une femelle de mammifère porte et met bas en une fois. *La portée d'une chienne. Une portée de chatons. Lapins d'une même portée* [...]. 2 – Ensemble des cinq lignes horizontales, parallèles et équidistantes, qui portent la notation musicale. *Portées d'un cahier de musique, d'une partition musicale.*

Le Petit Robert

L'étoile a pleuré rose au cœur de tes oreilles,

Au début, c'est un parking. Celui de la maternité de Dourdan, un petit parking.

Les voitures se garent en épi, sous les sapins. On y accède par une allée goudronnée en pente douce. Les places sont chères, si bien qu'on préfère se garer en bas pour s'épargner l'éventualité d'un demi-tour besogneux.

C'est le début de juillet, de la semaine, de l'après-midi. Il fait lourd et les ombres sont noires. Le silence n'est troublé que par le bruissement énergique des jets d'eau automatiques, qui dessinent dans l'herbe leur rond de pluie. Il fait tellement chaud que le bitume dégage une odeur chimique, amère. Mélangée à celle de l'herbe, c'est bizarrement un parfum de vacances, d'autoroute.

Fanny fume une Dunhill, adossée au mur près de l'entrée. Elle a replié une main dans son dos pour prendre appui sur le mur en crépi blanc. Elle porte des sandales et une blouse rose qui lui descend aux genoux. Un vague sourire flotte sur ses lèvres, parce que c'est peut-être déjà là, dans son ventre, silencieux. Elle croise ses deux jambes étendues, ses genoux bien symétriques. Elle observe le ferme bourrelet de ses mollets posés l'un sur l'autre. Elle est fière de ça, de ses jambes blondes, appétissantes. Cet air satisfait, cette blouse portée comme une robe légère, cette chaleur, ces jambes-là sous ce soleil : elle a des airs d'Occidentale dévorée des yeux par Monsieur Jo pendant une traversée du Mékong. Mais il n'y a personne dehors par cette chaleur. Alors elle glisse une main sous un pan de sa blouse déboutonnée et la pose sur son ventre. C'est peut-être déjà là.

La route écrasée de soleil a des brillances. Le parking, un air vacant. Juillet flamboie. Il ne manque vraiment que le bourdonnement d'une autoroute à quatre voies. Elle lève les yeux vers le ciel et les y laisse, pour s'éblouir un peu. Un bleu doucement métallique, un ciel d'Espagne. Ici, à cette heure, il ne peut rien lui arriver. Cet instant est à elle, on ne peut le lui retirer, une certitude qu'elle a. Il fait si chaud, si lourd, qu'il fait presque mauvais, qu'importe, c'est à elle. La route noire, les pelouses, la mécanique bien huilée des gerbes d'eau, le ciel pâli par la chaleur, tout.

Le chuintement des jets automatiques semble avoir changé de cadence. Non, c'est le ronflement d'un moteur qui se mélange à celui du système d'arrosage. Fanny tourne la tête vers l'allée en contrebas, les yeux encore plissés : une voiture monte lentement la pente et se gare sur le côté, face à l'entrée. Une jeune femme pose un pied à terre en soutenant d'une main le poids de son ventre. Un homme d'une trentaine d'années contourne l'avant du véhicule et s'empresse de venir l'aider. D'un geste, elle lui fait signe que ça va. Elle porte une robe noire trop grande pour elle. Il claque la portière et la soulage de son sac. Elle a les yeux rougis, de ceux qui ont pleuré. Elle s'avance vers l'entrée, avec la démarche chaloupée d'une femme à terme. Elle paraît tellement vulnérable, si maigre, si fine, avec ce ventre tout rond, comme une contradiction.

Fanny écrase sa cigarette, fait quelques pas en direction de la jeune femme. D'instinct, elle lui propose son bras. Le jeune homme les suit, un sac de sport à la main. Il est brun, ébouriffé, lui aussi a pleuré.

À l'accueil, on a son dossier sous le nom de Pellegrin. Même à terme, cambrée, grimaçante, il reste un papier à signer, des cases à cocher, des pointillés à compléter. Fanny se glisse derrière l'épaule de la secrétaire. Elle voudrait connaître les prénoms, les demande toujours. Elle lit dans le dossier, au stylo Bic, Aurélie et Adrien.

Il fait si chaud, ce n'est pas une heure pour accoucher.

Elle va les emmener en salle d'examen, mais sent le besoin embarrassé de dire quelque chose, même futile. Elle lance à la jeune fille :

— On y va ?

Puis se tourne vers lui :

— Vous venez avec nous… Adrien, c'est ça ?

Et s'élance dans le couloir.

Elle s'arrête, il y a erreur.

Le jeune homme s'appelle Louis. Adrien, c'est son frère. Il précise même, comme si c'était important : son grand frère. Il n'est pas là. Il s'est tué au volant le week-end dernier. Alors tout mentait ? Les ombres en été à deux heures moins le quart, les systèmes d'arrosage, la couleur cuivrée de ses jambes, le Mékong, Monsieur Jo. Il paraît gêné, se sentirait presque coupable d'être là, s'excuserait bientôt de ne pas être le père. Mais le papa est en retard, très en retard. Poliment, il demande s'il a le droit de rester. Fanny jette un regard à la jeune femme. Elle a besoin de lui, une chose que les yeux savent dire. Alors Fanny s'empresse d'articuler, d'une voix rassurante :

— Bien sûr que tu peux être là.

Elle l'a tutoyé, s'en est rendu compte en le disant.

Les détails, c'est plus tard que Fanny les a eus, dans la chambre, après l'accouchement. Par bribes, à mots couverts. Un virage qui surprend. Une jeune conductrice. La lettre A d'un rouge sanguinolent sur le pare-brise arrière. Un futur papa à l'aise au volant. Un paysagiste un peu con. Et bientôt la lumière crue d'un gyrophare. Des plots orange et blanc. Une civière que l'on glisse dans le ventre du camion. Le soleil qui chauffe quand même.

Elle se déshabille. Elle dénoue sa robe de veuve sicilienne, qui tombe à ses pieds en corolle. Elle est si blanche, sans cette peau noire, chiffonnée. Elle l'enjambe, à demi nue, s'allonge, docile, avec l'air de dire : qu'on en finisse. Fanny pose les capteurs du monitoring sur son ventre. Les battements accélérés du cœur du bébé retentissent dans la pièce. Le cœur au galop d'un petit en bonne santé, qui veut naître, le plus vite sera le mieux.

Elle a devancé le cercueil, assise à l'avant de la voiture funéraire, le regard éteint. Elle a vu la terre claire tomber en pluie sur la boîte en chêne verni. Elle a entendu le son mat des pelletées jetées sur le bois. Elle a regardé cette béance où l'on enterrait Adrien. Beaucoup de larmes, beaucoup de regards pour elle et pour son ventre rond, tendu de noir. On ne pouvait pas s'empêcher de le regarder, c'était plus fort que tout. On dit que les femmes enceintes sont belles et souvent désirables. On le dit aussi des veuves. Quand on l'a vue s'affaisser, on a pensé : la chaleur, le chagrin. Des bras l'ont soutenue. Ce n'était pas la chaleur, ce n'était pas le chagrin.

Louis s'est assis à côté d'Aurélie, sur une chaise de cantine. Il fixe le point vert qui se déplace sur l'écran. Le monitoring trace deux courbes parallèles, en creux et en bosses, sur son listing quadrillé. Il n'y a pas deux heures, il avait dans les yeux la boîte sombre et carrée qui emportait son frère. Maintenant, il a cette femme blanche et ronde, à moitié nue, qu'il ose à peine regarder, dont la culotte glisse le long des jambes.

Fanny ignore les mots qu'il faut dire, s'ils existent. Elle s'assoit sur le bord de la table d'examen et pose sa main sur le front tiède de la jeune femme. Elle lui demande de remonter ses talons contre ses fesses, enfile un gant en caoutchouc, introduit doucement l'index et le médius, cherche le col, écarte ses doigts en compas, en évalue l'ouverture. Elle prend sa température, sa tension. La pâleur de son visage l'inquiète, elle lui installe une perfusion. Sérum glucosé. Le jeune homme la regarde faire, attentif, l'air vaguement démuni.

Aurélie serre les dents. Une nouvelle vague de douleur lui comprime le ventre. Elle retient un cri. Elle a l'impression que le bas de son utérus se resserre, la tire vers le bas. Il cherche sa main, la trouve, la prend dans la sienne. Il la voit partir loin dans la douleur, trop loin pour l'y rejoindre. Et revenir. La vague se retire. La tension qui se relâche fait monter un sanglot dans sa gorge, aussitôt ravalé.

Fanny lui propose une péridurale. Elle n'en veut pas. Un refus sans calcul, sans principe.

Fanny la regarde, intriguée par cet aplomb.

Les contractions se resserrent, plus poignantes, ponctuelles.

Les scialytiques s'allument dans un grésillement, répandent leur lumière blafarde dans la salle carrelée.

laura

Des contractions très intenses poussent la tête du bébé vers l'arrière, lui écrasent l'anus.

Elle voudrait mourir.

Au début, elle portait une chemise de l'hôpital. Maintenant, elle est complètement nue. Les seins libres, les jambes chavirées dans les étriers, sous l'électricité blanche. Son corps s'offre au regard de Louis, cette chair qu'il n'aurait jamais dû voir et que la vie lui montre.

Il n'a rien à faire ici, à côté de sa belle-sœur dénudée. Il n'a rien à voir avec ce spectacle bariolé aux couleurs criardes. Il n'est pas le père, ce bébé-là n'est pas le sien. Il joue le jeu, pourtant, avec tellement de bonne volonté que Fanny voudrait l'en remercier. Il n'est pas prêt, il improvise. Mais il est là, le fait sentir, il peut servir à quelque chose, Aurélie a le droit de demander. Il lui appartient un peu aujourd'hui. Ce bras, cette chemise, elle a le droit de s'y cramponner. Sa main, elle peut la broyer dans la sienne. Sa chair, elle peut y planter ses ongles en y allant carrément.

Ses oreilles, elle peut les étourdir de cris de bête. Parce qu'on s'en fout, parce que Adrien, il lui manque terriblement à lui aussi. Et que ce bébé doit sortir.

Elle pousse. Les mains verrouillées sur le rebord du lit, le ventre tendu en avant, les reins cambrés, le visage affreusement contracté, elle pousse. Elle fait « han », les yeux humides. Elle souffre tout ce qu'elle peut, vit une douleur qui a quelque chose à voir avec la folie.

Elle reprend sa respiration, entend par les lucarnes entrouvertes le bruit des jets d'eau automatiques, qui continuent de rafraîchir la pelouse.

La tête du bébé se glisse sous l'os du pubis.

Elle pousse des gueulements. Les cris terribles d'un animal blessé. Vous passez dans le couloir, ça vous prend là. Ces hurlements déchirants, ils viennent vous chercher, ils ont une intonation qui vous serre le cœur. Fanny n'en a jamais entendu de pareils. Ils ne sont pas plus forts, ils ne sont pas plus aigus, ou plus graves. Ils portent autre chose. Et elle écoute. Elle entend ce qu'ils cachent. Ils ne disent pas seulement j'ai mal à en crever, ils s'adressent à quelqu'un qui n'est pas là.

Alors Fanny admet le refus de l'anesthésie, le besoin de laisser hurler son corps, quand il n'y a plus de mots.

Son périnée, sous la pression, bombe vers l'avant. Les tissus qui séparent l'anus de la commissure de la vulve s'amincissent, pâlissent, manquent de se déchirer. Fanny attrape une large compresse et, d'une main solide, le pouce infléchi dans la paume, soutient le périnée, le renforce.

La tête de l'enfant s'insinue entre les lèvres.

Une boule de cheveux apparaît entre les cuisses d'Aurélie. Le front, puis les sourcils, les paupières, le nez, la bouche, le menton.

Fanny imprime à la tête un mouvement de rotation pour que les épaules puissent passer de profil, dans le sens vertical de la vulve. Une douce traction, l'épaule supérieure est libérée. Une autre, vers le haut, l'épaule inférieure jaillit, comme un noyau de son fruit.

Fanny invite Aurélie à sortir l'enfant. D'abord, elle ne comprend pas sa proposition. Soudain, elle se ressaisit, se penche tant bien que mal en avant, glisse un doigt sous chaque aisselle, tire doucement à elle, hors de ses entrailles, l'enfant minuscule. Elle sent son ventre qui se vide brutalement, sa chair qui se creuse. Elle sort son petit, le hisse, et, à bout de bras, le voit, enfin.

Son bébé.

Laura.

Chaude, glissante, couleur de lune.

Une plainte grêle retentit. Des pleurs envahissent la pièce, de plus en plus nourris.

Elle pleure toutes les larmes de sa mère, cette enfant-là. C'est le chagrin d'Aurélie qu'on vient de libérer en personne.

Qu'elle pleure.

Ce front froissé, cette bouche en colère, ces pieds qui repoussent, ces petits cris aigus. La vie qui dit merde.

Aurélie la glisse entre ses seins, la blottit contre elle, peau à peau.

Mon bébé.

Laura s'apaise. Le silence revient.

Bercée par le roulis du ventre qui se soulève au

rythme de sa respiration, elle entend battre le cœur de sa mère.

Derrière les lucarnes, la nuit est en train de tomber.

Les sons de dehors parviennent à nouveau, les bruits d'eau, de tuyauterie, les éclats de voix dans le couloir, le passage lointain d'un train. Dehors existe encore.

Aurélie sent le poids de son bébé sur elle. Ses yeux brillent maintenant.

Louis a sur les lèvres un sourire qui ne veut pas s'arrêter. Il caresse doucement le dos de Laura, empaume ses petites fesses potelées. Il regarde sa belle-sœur droit dans les yeux, avec une tendresse infinie. Il lui caresse les cheveux, il embrasse le dos de sa main. Elle se laisse faire. Il lui chuchote à l'oreille des mots très doux et très vrais, qu'il n'a jamais dits à aucune femme. Une joie bizarre envahit son cœur. Comme une ivresse. Alors il se réfrène un peu.

C'est lui qui va donner à Laura son premier bain, encore reliée à Aurélie par le cordon. Fanny approche une bassine en plastique beige, remplie d'eau tiède. Il prend la petite dans le creux de ses bras avec d'infinies précautions, la glisse doucement dans l'eau. Elle gesticule avec lenteur, se détend, une jambe part. Louis la soutient d'une main et, de l'autre, fait couler un peu d'eau sur son corps. Elle pousse un petit cri, mais se ravise aussitôt, le regarde soudain avec de grands yeux étonnés. Elle doit croire que c'est son papa. Personne n'aura le courage de dire le contraire. Elle le regarde avec des yeux tout ronds, grands ouverts. Elle ouvre la bouche, tire le bout de sa langue, puis le rentre. Sa peau prend déjà des couleurs. Fanny guide la main de Louis et lui fait palper entre ses doigts le boyau torsadé, bleu pâle, qui glisse du ventre troué d'Aurélie. Il bat encore, parcouru de petites pulsations.

Fanny sèche la petite, qui se met à couiner un peu, et la dépose sur le ventre d'Aurélie, où elle trouve un sein, qu'elle commence à suçoter, avant de prendre un rythme plus énergique. Aplatie sur le corps de sa mère, on la dirait morte de soif, s'abreuvant à plat ventre au bord d'un cours d'eau, après une longue marche sous un soleil de plomb.

Fanny propose à Louis une étroite paire de ciseaux métalliques. Il fait non de la tête, les tend à Aurélie. Mais elle n'en veut pas. D'une voix très basse, elle souffle :

— Coupe-le, c'est bien si c'est toi.

Fanny lui indique l'endroit. Alors il glisse le cordon dans le triangle de ses ciseaux. Il jette instinctivement un regard à Laura. Elle n'a rien senti, ne proteste pas, toute à son repas. Il lui apprendra à jouer du piano, paraît-il, ou d'un autre instrument, Fanny n'est pas sûre d'avoir compris.

Les contractions reprennent, moins intenses. À regret, Aurélie est soulagée de son bébé, qu'une aide-soignante dérobe à sa vue pour l'habiller. Fanny lui demande de pousser à nouveau. Le placenta se décolle, mou, rouge, carné. Elle le cueille, l'inspecte patiemment, s'assure qu'il est entier.

La délivrance plonge Aurélie dans un état de profonde lassitude, comme si la fatigue accumulée s'emparait d'elle brutalement. Elle redevient pensive, soucieuse. Son regard se perd. Une larme apparaît au coin de sa paupière, s'accumule, se détache soudain, glisse dans un sillon qui meurt à la commissure de sa bouche. Louis prend sa main, l'enferme dans la sienne. Perdu dans ses pensées lui aussi, il regarde sans les voir les seins d'Aurélie. Jusqu'à ce qu'il remarque une perle de lait, figée, qui ne demande qu'à tomber.

L'espace d'un instant, d'un très court instant, il se voit se pencher.

Plus tard, bien après minuit, Fanny les a laissés. Elle a fini par rentrer chez elle, dans la nuit chaude. Retrouver Vincent, oublier ses pilules. Retrouver ses deux petits à elle. Écouter respirer Matéo et Nathalie dans les ténèbres de la chambre. Elle croit pouvoir faire comme si de rien n'était, continuer à vivre. Mais, dans la voiture, elle se met à chialer, à ne plus pouvoir s'arrêter, à devoir se garer.

Parce que c'est peut-être déjà là, dans son ventre, silencieux. Et que Vincent porte déjà les longues écharpes colorées en laine qui gratte, qui traînent partout, qui seront sur les photos que l'enfant regardera un jour.

Pourtant, il n'y a personne dans son ventre cette nuit-là. C'est le peut-être qui compte. Et les écharpes de Vincent.

Le lendemain, elle les a vus sortir un par un. La grand-mère, avec ses yeux rouges, ses cheveux très fournis, d'un blanc lumineux. La vieille dame sait qu'on la regarde, souffre d'une manière un peu écrasante. Puis le grand-père, effacé, très très triste, plus encore, parce qu'il le cache et qu'il se tait. Suivi d'une jeune femme qui doit être la sœur d'Aurélie, belle comme tout, les yeux qui pétillent encore d'avoir vu Laura. Et Louis, en salopette, pas rasé, déguisé comme un jeune papa, à croire qu'il le fait exprès, qui part un peu après les autres, à regret. Il voudrait bien rester, lui. Il lui a donné son premier bain tout de même.

— Non, on ne peut pas rester après vingt heures trente.

Ils se regardent, Fanny sourit. Ils ont pour eux l'intimité de la veille, qui les rapproche, les réchauffe. Elle le regarde s'éloigner à grandes enjambées dans le couloir, plus vrai que nature, les yeux fixés sur le X de sa salopette.

Elle frappe à la porte. Aurélie finit de donner le sein à Laura, le téton quasi délogé de sa bouche.

Elles parlent un peu. Du fonctionnement de la télécommande, de la sonnerie du téléphone qui est trop forte, oui il faut faire le zéro pour sortir, non il ne fait pas trop chaud dans la chambre, elle a les yeux d'Adrien, ah bon, brun clair, exactement les mêmes.

Elle baisse le menton pour regarder si mademoiselle va bien. Il l'aurait trouvée encore plus belle qu'il ne l'imaginait.

— Louis lui apprendra à jouer du piano, dit-elle. Adrien joue bien, mais Louis joue encore mieux.

Elle utilise le présent de l'indicatif, celui des veuves.

Fanny s'appuie contre le mur, pose la tête contre la paroi, regarde Aurélie et Laura, un peu triste devant cette joie simple. La petite s'est remise à mâcher mollement, une petite main posée sur le sein de sa mère. Elle se dit qu'elle sera heureuse quand même, cette petite-là, que la vie est stupide, comme la mort, mécanique, comme elle, qu'entre les deux il n'y a qu'une différence de trois kilos cinq.

Le jour où Laura a quitté la maternité dans un panier, Fanny a donné son adresse à Aurélie sur un bout de papier. Elle lui a dit :

— La vie, c'est pas compliqué, hein ? On a le droit de s'appeler, de boire un thé ensemble, de manger de la tarte aux pommes. C'est vrai, quoi, c'est pas interdit de se revoir.

Aurélie a souri. L'idée de cette pâtisserie douce, sucrée, ce plaisir tout simple dans ce malheur si compliqué. Elles sont bizarres, au fond du gouffre, ces douceurs-là.

Fanny est entrée dans la chambre vide, ça sentait encore le bébé. Elle s'est dirigée vers le lit minuscule, elle a trouvé le bracelet de Laura, en plastique rose, défait et oublié dans le berceau. Il s'était coincé entre le petit matelas et la paroi en plexiglas.

Elle les a rejoints sur le parking. Pas bien grand, non. Celui de la maternité de Dourdan, un petit parking. Louis était en train de fermer le coffre de la voiture. Elle lui a donné le bracelet.

Il lui a répondu quelque chose mais elle n'a pas entendu.

L'infini roulé blanc de ta nuque à tes reins

Elle se gare dans une rue adjacente et fait le reste à pied. Pour prendre le temps d'arriver, de se laver de la voiture. Elle tourne dans une impasse bordée de pavillons – ils sont baptisés. Un nom sur chaque maison, les plus belles comme les plus banales, une simple signature en fer forgé, avec une élégance toute méridionale. Elle dépasse l'Africaine, Saint-Michel, Villa Denise, Petit Mousse, Primavera, L'escapade, Les nuits tranquilles, Jeanne, Pourquoi pas... Des noms chantants, un peu forcés, conçus pour l'été, jamais pensés pour l'hiver, lui rappellent certains prénoms qui vieillissent mal, deviendront ridicules une fois l'enfant grandi. Il y a dans l'air une odeur entêtante de bois humide, les chocs mats d'une lointaine cognée.

Le 37 est au fond de l'impasse, dissimulé derrière une grille qui ne laisse rien deviner de sa couleur d'origine, qu'une palissade de roseaux tressés aveugle parfaitement. Précaution d'un autre temps, dont l'utilité semble contestée par un portail grand ouvert. Sans en avoir la preuve, elle parierait qu'il l'est depuis toujours. On voudrait le fermer à nouveau qu'il protesterait, ferait gémir ses gonds, refuserait d'aligner proprement ses deux battants, s'entrebâillerait avec obstination. Un portail victorieux qu'on ne ferme plus, parce que, simplement, on ne l'ose plus.

Alors elle entre, encouragée par le hasard de cette invite.

Du portail à la porte d'entrée, elle a cet avant-goût de jardin sauvage, laissé à l'abandon, dont elle devine qu'il contourne les murs et se propage loin derrière. Elle le ressent plus qu'elle ne s'en fait la réflexion, on n'y voit presque plus. Novembre est là. Un jour faux tombe tristement sur la végétation, annonce la proximité immédiate de la nuit. Elle garde une main refermée sur son col, se prend à trembler.

— J'ai froid j'ai froid j'ai froid, se convainc-t-elle.

La demeure ne se laisse pas facilement embrasser du regard, n'offre pas de façade franche, particularité propre aux maisons de plain-pied qui ne connaissent pas d'escalier de plus de trois marches. Des arbustes montent aux fenêtres éteintes.

« Cap Nord » a été peint au pochoir sur deux planches naufragées.

Elle descend une volée de marches empierrées. La porte est un peu en dessous du niveau de la mer.

Il lui faut du courage. C'est une porte infernale.

Ce serait bien le diable s'il y avait quelqu'un. Elle se retourne. Elle ne s'est pas trompée, c'est bien le 37 ? Elle s'est retournée comme si elle pouvait le vérifier d'ici. Elle ne va pas aller s'en persuader – elle se voit retourner au portail, puis revenir –, ce serait ridicule, vraiment.

Personne.

C'est une porte comme on n'en fait plus, elle le sait bien, blindée de l'intérieur, verrouillée à double tour sur trois niveaux, percée d'une serrure multipoints intégrée au vantail, construite autour d'un double pêne central préalablement renforcé par des plaques de blindage en acier, munie de trois paumelles à billes vissées sur le bâti, protégée contre les tentatives de dégondage ou d'arrachement par cinq pannetons coniques enchâssés dans la structure métallique, taraudée par un œil-de-bœuf et vissée à un entrebâilleur semi-automatique intégré à la gâche.

L'imagination fait très bien ces choses-là.

Elle frappe encore. Et puis tant mieux s'il n'y a personne.

Dans l'impasse, les lampadaires se mettent à grésiller, officialisent la tombée de la nuit.

Elle va rentrer chez elle, et elle sait très bien qu'elle n'aura peut-être pas le courage de revenir. Elle va rentrer chez elle, en sachant très bien le risque qu'elle court.

Mais elle est là, coincée entre un escalier dérisoire et une porte, acculée, dans le noir, alors finalement, non, ça suffit.

« Je me rentre », pense-t-elle pour se donner du courage.

En haut de l'escalier, derrière elle, un homme immobile la regarde depuis toujours.

Cette femme à l'anorak cintré, il la connaît, il l'a déjà vue quelque part.

— Bonsoir, dit-elle, d'une voix convalescente.

— Je vous ai fait peur ! s'exclame-t-il.

— Vous m'avez fait vachement peur.

Elle rit, familière, et son soulagement rapide et bruyant dit la frayeur qu'elle a eue.

Il la voit assez distinctement dans la lumière ambre de la rue. Il met pourtant un certain temps à la reconnaître. Tout en sachant parfaitement que, oui, il la connaît. Il cherche, il va s'en vouloir, elle le lit dans ses yeux. Mais elle ne lui en veut pas trop, ravie d'être au pied du mur. Elle entrevoit de l'agitation là-haut, derrière le regard, au secrétariat, une tempête de papiers qui virevoltent dans la pièce, entend quelques jurons, les tiroirs qu'on tire violemment les uns après les autres, l'énervement de ne pas remettre la main sur ce foutu machin qui était là il y a deux minutes et qu'on ne retrouve plus, et personne n'y a touché, paraît-il, mais ça aussi, c'est à vérifier, ce ne serait pas la première fois, et cætera.

Et d'un coup, son regard s'allume.

La sage-femme, c'est la sage-femme !

Elle rit en voyant son visage s'éclairer, en exagérant un peu sa bonne humeur parce qu'elle n'est pas très à l'aise de se retrouver là, dans le jardin de quelqu'un qu'elle ne connaît pas suffisamment bien pour se retrouver, là, dans son jardin.

— Je suis désolée de débarquer comme ça, à l'improviste, souffle-t-elle. J'ai eu votre adresse par Aurélie.

Elle en est au vouvoiement.

— Ton adresse par Aurélie, rectifie-t-elle, bas.

— Ah bon ?

Il est gêné, plus encore qu'elle ne le craignait, il ne comprend pas.

— Ah bon ? Ça me fait plaisir, ajoute-t-il, comme on dit bêtement les choses.

Il parle un peu plus fort qu'elle, pour l'encourager.

Il sort ses clefs, s'excuse en passant près d'elle, ça me fait plaisir, a-t-il dit, il va ouvrir la porte, la faire entrer. Il était en train de couper du bois, il a presque fini, de toute façon il fait nuit, je rentre les bûches et j'y suis, a-t-il dit, il la fait entrer dans le vestibule, allume soixante watts de lumière, il était en train de couper du bois.

Aurélie lui a donné son adresse. C'est bizarre de se revoir, on aurait pu ne pas se revoir. Mais voilà, on se revoit. Aurélie, l'adresse. Il la précède, allume quelques lampes disséminées dans le séjour. Elle entre dans la pièce, exhaussée de quelques marches – je rentre les bûches et j'arrive –, il sort du séjour pour les ranger une bonne fois, ses bûches, et la laisse en plan.

Elle s'attendait à autre chose.

Sans doute à une pièce moquettée, des rideaux aux fenêtres, moins de lumière. Sans les embrasses, tout de même, mais dans l'esprit, épais, sombre. Elle trouve un salon qui respire, un désordre qui se respecte, des vitres nues, un tapis sur le carrelage, des plantes vertes, des étagères en bois clair, des livres de poche, des bandes dessinées, des cassettes vidéo – non rembobinées, à coup sûr.

Au milieu, la pièce est encombrée d'un piano.

Le genre de pièce qui donne subitement des envies de décembre, de froid sec, d'herbe humide et de feu de bois. Le genre de pièce qui pardonne à novembre. On regarderait une cassette, une histoire de blonde sans soutien-gorge poursuivie par un détective qui a peur du vide. Ce genre de pièce-là. Qui donne aussi des envies d'avril, de lumière d'orage, de ciel très gris sur la verdure, d'une voix rocailleuse qui dirait : quel terrible cinq heures du soir.

Posé sur le piano, un quotidien daté de l'année dernière.

Et derrière la vitre, dans le jardin, Louis qui range ses bûches une bonne fois, à la lumière d'un halogène d'extérieur. Depuis le temps qu'il en parle. Depuis le temps qu'elle lui dit de le faire. Elle ne s'était pas trompée pour le jardin, sauvage, abandonné. Et derrière, tout au fond, une forêt. Elle n'en distingue que les premiers arbres, violemment jaunis par la lampe.

Derrière elle, une cuisine, avec une sorte de passe-plat percé dans le mur du salon. La cuisine américaine du pauvre, qui n'en mérite même pas l'appellation. Canadienne, tout au plus.

Elle se retourne, Louis a disparu. Au fond du jardin, la forêt s'est éteinte. Elle se sent seule un court instant, inquiète des pourquoi à venir, des explications à fournir. Ce serait si doux de ne pas avoir à les donner, de passer l'hiver. Je rentre les bûches et j'y suis. La porte d'entrée qui s'ouvre, se referme avec bruit. Louis qui rentre avec le sourire du travail fini, qui se frotte les mains parce que, vraiment, il gèle.

— Oui, elle m'a dit de venir te voir. On s'est écrit cet été, je voulais des nouvelles de la petite, elle m'a dit de venir te voir.

C'est là qu'il a remarqué pour ses oreilles. Le regard qui glisse sur sa joue, entr'aperçoit, y retourne discrètement, confirme. Deux aides auditives, vaguement dissimulées sous les cheveux. Deux contours beiges qui enrobent le pavillon, s'incurvent délicatement pour n'être plus qu'un simple tuyau transparent, qui tombe soudain, plonge et se love dans la saignée de l'oreille.

Il ne s'en était pas aperçu, l'autre fois ?

O-to-spon-giose.

C'est lui qui devrait consulter.

La maladie de Beethoven. Une maladie de femmes. Qui se déclare pendant la première grossesse, gagne du terrain à chaque enfant. L'étrier qui se calcifie doucement, tout doucement.

— Tu as des enfants ? il demande.

Deux.

— Un enfant, une oreille, ironise-t-elle.

Toujours le même trait d'humour, pour moquer le handicap, faire semblant de. Il l'entend, quand une chose est dite pour la première fois. Il pense : « Elle doit le dire à chaque fois. Un enfant, une oreille, à chaque fois. »

Elle ne prend pas le temps de lui expliquer, pas aujourd'hui, on ne se connaît, pour ainsi dire, pas. Prise par le vin, elle lui aurait dit, avec des images simples, de celles qui émeuvent, avec tous ces détails minuscules qui font le tragique, rendent accessibles les assassins. Elle lui aurait dit, pour son malheur, elle lui aurait dit, pour l'injustice. Si elle devait être alcoolique, elle le serait au vin rouge, on sait le poison qui nous irait, si jamais. Dans la chaleur du moulis, elle aurait pu.

Louis ?

Oui ?

Non, rien.

Elle a pris son temps pour admettre.

Elle regarde la télévision, Matéo trouve déjà le son trop fort. Elle appuie une fois de plus sur le triangle rectangle de la télécommande. Gamin insolent de quatre ans et demi qui la gronde, avec sa voix de flûte : « Boulgomme et Baldo font la sieste, tu vas les réveiller. » Deux oursons, par qui la vérité se fait jour. Mais le roi n'est pas encore tout à fait nu. La pudeur reste sauve. Et puis elle est quelquefois surprise par l'arrivée d'une voiture. Elle survit. Au téléphone, elle ne comprend plus la voix de certaines personnes. La liaison est sûrement mauvaise. Au mariage d'Isabelle et Xavier, à table, elle s'aperçoit qu'elle comprend mieux les personnes dont elle voit le visage. C'est mieux de regarder les gens dans les yeux. Les vinyles de papa commencent à tourner dans le vide. Elle a des vertiges, de très curieux vertiges, où le monde se met à tourner alors qu'elle se sent stable, bien droite. Elle demande poliment de répéter. Puis termine les phrases toute seule, en devine l'intention. Et quand la conversation ne l'intéresse pas, s'efface en douce, bien pratique.

Elle finit par exiger un bilan chez un spécialiste.

Sans crier gare, sans prévenir, elle y va un beau jour.

Elle y va presque le cœur léger, l'air raisonnable, tranquille, comme on va ailleurs. Elle s'y rend comme si c'était bien normal, insolente, alors que Vincent l'en a suppliée, des mois et des mois, qu'il a fini par renoncer. Elle y va à ce moment précis, évidemment, quand l'armistice est sonné. Il y a de la provocation dans sa quiétude.

Et elle est punie d'avoir emprunté. Cette légèreté n'est pas la sienne.

Elle réalise l'ampleur des dégâts, combien le paysage auditif est délabré après les tempêtes de ses deux parturitions. Elle accepte de s'y promener, dans ce paysage de misère, dans la forêt que le vent a cinglée, fouillée au plus intime, et elle s'aperçoit qu'elle a été saignée à blanc, qu'il faut lever bien haut les genoux pour enjamber les troncs abattus, ébranchés. Au sol, d'énormes lames de bois blanc arrachées, un fourmillement d'échardes déchiquetées.

Le pire sans doute, dans cette promenade, c'est l'heure qu'il est : il ne fait pas vraiment nuit.

Elle n'est pas sourde, elle le devient.

Rester assise dans une baignoire dont l'eau lentement se retire, s'étrangle avec le vertige d'une toupie. L'œil du cyclone qui la regarde, sa peau qui doucement se granule. Une souffrance à huis clos, un silence à crier, où l'on entre malgré soi, comme dans la lumière un insecte affolé. Et voilà qu'on se promène du lundi au samedi avec les oreilles endimanchées. Deux tympans habillés pour l'enterrement.

Elle a choisi un audioprothésiste qui lui disait les choses, l'a aimé pour ça, de l'avoir crue assez forte pour la vérité. Et un soir, une vérité plus vraie que les autres.

Elle est rentrée, n'a rien dit. Vincent savait d'où elle venait, il n'a pas demandé. Elle a grignoté quelque chose, elle est allée au lit, avant les enfants. Elle s'est agacée quand il s'est glissé sous la couette après les avoir couchés, parce qu'il avait les pieds glacés, qu'elle avait besoin de dormir, qu'il la réveillait, qu'il faisait chier.

Matéo l'a appelée cette nuit-là. En plein cauchemar, il l'a appelée. Elle qui dormait sur un seul côté, gardait un contour à l'oreille, au cas où un enfant l'appelle. Elle qui n'avait pas le droit de garder ses appareils la nuit. Elle qui voulait pouvoir être réveillée pour les consoler, les sécher, les rassurer. Elle qui disait qu'elle voulait être sûre. Que « maman » serait un mot qu'elle entendrait de toute façon toujours, même à vingt décibels.

Vincent s'est levé.

Matéo voulait maman, il a eu papa. C'était bien quand même. Quand il est retourné se coucher, il a vu qu'elle avait gardé un appareil. Alors il a compris. La vérité de l'audioprothésiste ce soir-là.

Mais voilà, elle n'ira pas aux obsèques, elle a dit non merci. Vrai, c'est une teigneuse. Elle a décidé de faire le deuil d'abord. D'envoyer les faire-part avant la mise en bière. De mettre la charrue avant les bœufs. Une idée à elle.

Il lui met dans la main un verre de nectar multivitaminé bon marché. Il a du mal à comprendre. Elle veut apprendre à jouer du piano ? Il a même souri à l'intérieur, cynique : « Avec ou sans la sourdine ? »

Mais c'est qu'elle a l'air sérieuse, la garce. Elle veut apprendre à jouer. Elle l'a regardé droit dans le visage :

— Avant qu'il soit trop tard.

Une petite phrase sordide et sans appel.

Une volonté panique.

Avant que le monde devienne confidentiel.

Il n'a pas répondu immédiatement. A évité le silence en désignant bien vite l'instrument.

— Tu veux apprendre, alors ?

— Oui.

— Ça, c'est original.

Et d'ajouter tout de suite, conventionnel :

— … c'est original, mais, c'est bien, c'est, comment dire, courageux.

Il sourit, pour la forme. Vite, boire une gorgée de jus.

— Tu donnes vraiment des cours ? C'est ce que m'a dit Aurélie, et c'est ce que tu avais dit, je crois…

C'est bizarre de se parler ailleurs qu'à la maternité. Juillet, une éternité. Sans le sang, la belle-sœur écartelée, le nouveau-né en pleurs, le cordon ombilical à sectionner. Aboutir ici, au 37, près d'un piano, au mois de novembre. Aurélie lui a donné son adresse. C'est bizarre de se revoir, on aurait pu ne pas se revoir. Aurélie, l'adresse. Mais voilà, on se revoit.

— Oui, je donne vraiment des cours.

Oui, il donne vraiment des cours.

Elle précise, en criant :

— Je suis appareillée, mais, ça va, j'entends !

— Oh, bien sûr, je m'en doute ! sourit-il, soudain très gêné d'avoir pu laisser penser le contraire.

— C'est juste que... je préfère préciser, parce que parfois, tu sais, on pense que j'entends moins bien, même avec ça (je ne dis pas ça pour toi).

Elle a soulevé une mèche, comme on soulève sa jupe, pour lui montrer.

— Bien sûr.

Maintenant, il est tout à fait mal à l'aise.

— Tu peux prendre une élève supplémentaire ?

Il hoche plusieurs fois la tête, l'air entendu. Elle réfléchit un instant.

— Le jeudi ?

Elle a l'impression d'extorquer quelque chose.

Le jeudi, oui.

Elle ne va pas se laisser faire. Vrai, c'est une teigne.

Elle roule ses cheveux en chignon, pour le convaincre. Elle s'approche du piano et s'attable avec un sans-gêne délicieux, l'air de ne pas y toucher, assise sur un coin de la banquette. Elle soulève délicatement l'abattant, promène deux doigts irrésolus sur le clavier, lui arrache deux notes stupides.

— J'ai fait du solfège quand j'étais petite, ça reviendra vite, je pense.

Elle avance une main entière, arpège un petit air connu, maladroit, appris par cœur.

Au fond de la pièce, adossée à une rangée de livres sur la bibliothèque, dans un cadre en verre, une fillette la regarde. Une petite fille chaude, glissante, qui la reconnaît et lui sourit.

Une bruine légère tombe sur l'impasse, vaporisée par mouvements brusques. Une odeur de feuilles mortes incendiées s'y ajoute, donne en mariage l'automne à la rue.

Le silence s'éclaircit à mesure qu'elle s'y avance.

Des chiens aboyaient encore tout à l'heure – ils étaient à peu près deux, à s'engueuler derrière la première rangée de maisons, cachés derrière des clôtures, des murets de jardins, des rangées d'arbustes. Ils se sont tus maintenant.

Trois heures de l'après-midi, jeudi, la lointaine banlieue parisienne, l'heure sinistre.

Elle pense : « Ce sera raté aujourd'hui. »

Elle ne sait pas, au juste, ce qui sera raté. Ce sera un échec, comme la deuxième au théâtre, qui se doit de l'être.

Le 37, elle y est. Une maison d'architecte post-soixante-huitard, qui aurait pu être pire. Ni démodée ni vraiment contemporaine. Elle lui paraît plus grande aujourd'hui, à la lumière du jour. Une Renault 5 garée dans l'arrondi du cul-de-sac, la sienne sans doute, ou celle de l'architecte.

La porte d'entrée est ouverte.

— Louis ? fait-elle, sur le pas de la porte.

Il doit rentrer ses bûches, l'animal.

— Louis-i ?

Décidément.

Elle ne rentrera pas. Elle ne s'autorisera que le vestibule.

Elle fait un pas. L'entrée sent le parapluie mouillé. La porte des W-C est grande ouverte, face à elle. Il vit seul, cet homme-là. Elle a devant elle un choix de trois pièces, des portes en bois nu, qu'on a oublié de vernir.

Elle monte une marche, risque une tête dans le séjour, vide.

S'il a laissé la porte ouverte, c'est qu'il est dehors.

Elle remonte les marches, contourne la maison. Des volets uniques en bois sombre ferment les fenêtres. Elle longe la face sud-sud-est, à petits pas circonspects, passe de profil, écarte du plat de la main une branche de noisetier détrempée, qui se vide à cette secousse, par grosses gouttes molles. Il est où, ce con ? Elle franchit le coin de la maison en l'insultant gentiment, sans penser à mal, et plisse soudain les yeux, éblouie par la clarté du ciel couvert.

Cerné par les premiers taillis de la forêt, le jardin lui donne l'impression d'un désordre organisé, espace de ceux qui ont dû être pensés un jour, mais que personne n'a entretenus depuis des années, négligeant le minimum, jusqu'aux gestes de bon sens. Une végétation nouvelle a pris ses droits sur l'ancienne, dont elle laisse encore deviner les intentions premières. La chose a dû être vilaine à faire, à voir. Elle n'aurait pas aimé assister à ça. Le lent pourrissement, la décomposition des lignes, la putréfaction des racines, les plantes vivaces qui s'acharnent à renaître malgré tout, parce que c'est leur habitude, que la vie est mécanique.

Heureusement, l'état de transition par lequel un jardin redevient sauvage a déjà été franchi, elle a évité ça. Une fois passées les premières années de l'abandon, le rejet assumé, la nature envahissante lui a redonné une cohérence, bien différente de la première, moins réfléchie, plus intuitive, mais qui, dans sa chienlit, gratifie l'œil d'une nouvelle harmonie.

L'herbe haute lui trempe sournoisement les chaussures, mieux que si elle avait marché dans une honnête flaque. Elle ne peut s'empêcher d'admettre que rien n'est encore simple au 37, que Louis n'est pas si facile à vivre, qu'il y a des gens comme ça.

La proximité immédiate de la forêt donne le sentiment d'un lent grignotement, d'une menace qu'il faudra prendre un jour au sérieux, avant l'irrémédiable. Des promesses d'arbres longent déjà la lisière du taillis. Est-ce cet avertissement ? Le laisser-aller sous-jacent aux herbes folles ? L'heure de l'après-midi ? Cet oiseau invisible et furieux qui se met à lancer des trilles par salves successives ? L'endroit prend à la gorge, dégage une mélancolie invincible.

Sous un avant-toit, une stère de bûches proprement alignées, à tranches claires. Elle se raccroche à cette idée du bien-être, s'avance encore un peu plus à découvert, se tourne vers la maison. Louis n'est pas dans le jardin, c'est un fait. Elle s'approche de la vitre du séjour, pour que la boucle soit bouclée, porte ses mains en conque autour de ses yeux : il est là ! Assis à une espèce de bureau, une petite table plaquée contre le mur, des papiers étalés devant lui, il semble lire. Fanny lève un poing et, souriante, cogne doucement la vitre. Il pivote d'un tour de reins, dans un mouvement de peur irraisonnée, dans cet espace que l'intelligence laisse parfois libre entre l'événement et sa compréhension. Cette fois, c'est son tour : il lève une main à son cœur, sourit en lui mimant la peur. Elle rit, fait un signe lui indiquant qu'elle arrive.

— Bonjour, fait-elle, dans les aigus.

Il a repris ses esprits, goguenard :

— On va arrêter de se faire peur, d'accord ?

Elle rit. Elle n'ose pas lui faire la bise. Elle ne va quand même pas s'avancer pour lui serrer la main, alors elle ne fait rien. Elle se dépouille de son manteau, qu'elle allonge tant bien que mal en équilibre sur le bras du canapé, et réalise l'embarras dans lequel ils vont être maintenant. Car il est temps.

Elle se sent moins hardie que l'autre fois.

— On y va ? propose-t-il, avec l'hospitalité ferme des professeurs.

Il est pieds nus, porte un pull-over à grosses mailles. Deux pieds d'homme, poilus, osseux, au milieu du tapis, qui vont lui apprendre à jouer du piano.

Aujourd'hui, c'est solfège. Pour l'hygiène. Bien droit sur le pupitre, un livret est ouvert sur une portée allégée, émiettée de notes bien espacées et faciles à déchiffrer.

Elle relève ses cheveux, pour dégager les deux boutons fichés dans son oreille.

— *Mi mi do fa do si do...*

Elle lit les notes une à une, sans ponctuation, oubliant de respirer, comme on apprend à lire.

Note à corps noir et à queue simple, dont la valeur relative est déterminée par la mesure et la valeur absolue par le mouvement. Noire pointée. Silence équivalent à une noire.

— Tu vois, ça, c'est une altération. Bémol, dièse, bécarre, ce sont des altérations.

Elle a honte de lui avoir dit qu'elle connaissait le solfège. Il a les dents de devant qui se chevauchent légèrement, le sourire un peu accidenté. Elle a un peu honte.

Est-ce qu'elle peut retirer ses chaussures ?

Oui, bien sûr.

Elle est trempée, désolée, mais trempée.

Mais non, mais non.

Dièse à la clef. Détermine la tonalité du morceau en altérant toutes les notes situées sur la ligne.

Elle se penche pour les délacer, déroule ses chaussettes assombries par l'humidité, les aplatit sur chaque chaussure, les pousse près du canapé, à côté de son sac à main.

Signe altératif accidentel en forme de *b* abaissant d'un demi-ton chromatique la note devant laquelle il est placé. Bémoliser. Mettre plusieurs bémols.

Un crépitement sourd. La pluie qui se remet à tomber, droite, serrée. La fenêtre se trouble, relègue dans le flou la masse sombre des arbres.

Sous la banquette, leurs quatre pieds nus alignés.

Dont la queue porte un crochet et qui vaut la moitié d'une noire. Double, triple, quadruple croche : portent deux, trois, quatre crochets, et valent la moitié, le quart, le huitième de la croche. Il n'avait pas remarqué non plus, pour ses gros seins, leur lourdeur tranquille, ses trois grains de beauté, peut-être quatre, éclatés sur la joue.

Il se lève, allume une lampe de bureau, qu'il assouplit d'un geste habitué vers le clavier. Elle le soutient :

— Il fait nuit tôt, maintenant.

La clef de *sol* pour les notes aiguës, la clef de *fa* pour les graves.

Il dit :

— Dans la cuisine, je n'ai jamais de soleil, j'en ai eu trois fois ce mois-ci. C'est tellement bizarre à chaque apparition, j'ai l'impression que quelqu'un vient d'allumer la lumière.

Les pieds à plat, l'avant-bras horizontal, souple, libre de jouer sur tout le clavier. Il règle la banquette pour que ses coudes soient légèrement plus hauts que le niveau des touches. Il place ses mains, les doigts arrondis, le pouce à l'écart, allongé sur le côté extérieur de l'ongle.

— Du coup, je préfère quand il n'y a pas de soleil dans la cuisine, c'est moins déstabilisant.

Il la prévient : elle aura la tentation de le poser en dehors du clavier, il faudra qu'elle le garde sur les touches, même quand il ne joue pas. Il lui demande de bien les sentir au bout de ses doigts, que la dernière phalange sente bien la vibration de la corde.

La pluie s'est arrêtée, des gouttes se sont figées sur le verre. Elle n'a pas le temps (il veut lui montrer des photos de Laura). Il est déjà cinq heures passées, elle doit aller chercher ses deux affreux.

La rue est parsemée d'éclats de miroirs, entre lesquels elle louvoie.

Il a dit qu'elle avait de beaux restes. Il lui a prêté le livret pour qu'elle s'exerce. De beaux restes. Elle rejoint l'avenue, monte dans sa voiture, glisse la clef de contact. Elle pose le livret sur le siège avant, se ravise, le reprend, le feuillette rapidement, le parcourt dans son ensemble, traverse ces partitions qu'elle devra débrouiller, jusqu'aux dernières pages, noircies, inaccessibles : *Piano-Plaisir*, c'est le titre. Des pages entières de mathématiques, parcourues d'accolades, de chiffres minuscules placés en exposants, de lettres isolées, de fractions, quadrillées de lignes, traversées de traits à main levée reliant des notes entre elles, de clefs diverses, de points, de soupirs, de notes échevelées, en rangs serrés, de barres transversales simples ou doubles, de notes multipliées sur plusieurs lignes, têtes en bas, têtes en haut, qui s'échappent même de la portée avec, de temps en temps, un mot en italien qui s'est égaré.

— Si je cesse de le regarder, il s'arrêtera de respirer.

Il ne comprend pas.

— Toutes les mères pensent ça. Demande à Aurélie.

— Vous ne dormez jamais, quoi.

— Si.

Elle parle des mères en général, des autres.

— Elles ferment les yeux, elles dorment, mais elles écoutent quand même, dans leur sommeil.

Elle s'est arrêtée depuis quelques minutes.

Quatre-vingt-huit touches immobiles. Le clavier qui attend poliment, rangé à l'identique. Elle répond à ses questions, un feu nourri.

Depuis que j'ai dix-sept ans.

Tout, surtout les graves.

Des contours d'oreilles.

Oui.

Un jour, oui.

Tu sais, non, les gens n'y font même pas attention.

Je ne sais pas si j'ai déjà envie d'apprendre.

Est-ce qu'ils auront le courage ?

Tu crois ? Non, ils seront trop grands pour apprendre.

En fait, si tu veux tout savoir, c'est l'os qui sécrète une masse spongieuse, ça bloque l'étrier.

Elle rit, avec une grimace d'intelligence :

— Je n'en aurai pas de troisième, ça, c'est sûr.

Elle a déjà l'expressivité communicative d'un sourd-signeur.

Elle ajoute :

— Pour Nathalie, j'ai déjà beaucoup perdu, surtout la gauche.

Elle montre du doigt la coupable.

— Je n'étais pas sûre de me réveiller si elle pleurait. Moi, je ne dormais jamais. J'étais trop inquiète. Là, pour Nathalie, j'étais fatiguée, fatiguée.

Elle appelle le souvenir de ces nuits, y met tant d'énergie dans la voix qu'il la croit.

— Le pédiatre de Nathalie voulait me donner des cachets pour dormir. Vincent aussi.

Elle ne lui dit pas qui est Vincent.

— Il voulait. Pour que je dorme. Mais Nathalie était encore toute petite.

La seule alternative, veiller à ma place. Ne pas fermer l'œil, venir se pencher au-dessus du couffin toutes les vingt minutes, se rendormir une heure, se réveiller en sursaut avec une angoisse au ventre – que j'ai pu le surprendre à dormir – et reprendre son quart jusqu'au lever du jour, où l'on a le droit de s'effondrer de fatigue puisque la nuit est passée, le danger s'en est allé. Dans la chaleur du vin, je t'aurais expliqué, la seule alternative.

— Il l'a fait quelques nuits, pour moi, j'ai pu dormir un peu, ça m'a aidée à reprendre un rythme normal, je ne me réveillais plus que pour les tétées.

Il l'écoute si bien.

— Le problème, c'était pour Nathalie. Je crois que je lui transmettais mon angoisse. Quand je me suis remise à dormir, elle a fait ses nuits. Elle attendait, quoi.

— Quoi ?

— Que je dorme, pour dormir aussi.

Si elle a un piano chez elle ?

Il veut qu'elle travaille.

— Tous les jours, au moins une demi-heure.

Il administre la durée comme on indique une posologie.

Dehors, la nuit est tombée. Le mur du fond a disparu, l'entrée derrière les marches est plongée dans l'obscurité, un noir de conte. Il n'allume pas la lumière, alors qu'elle l'aurait fait depuis un moment. Il trouve suffisante l'ampoule perchée sur le piano.

Près de la fenêtre, une clarté tombe sur le tapis. Il fait presque plus clair à l'extérieur. La pâleur de la végétation dit la lune. Sans la voir, on devine sa présence au-dessus des arbres, à sa façon de déteindre sur les cimes. Un fil à linge tendu sur un portique rappelle que, ici même, l'été a été commis.

Louis attrape deux clémentines, qu'ils épluchent ensemble. Noël entre dans la pièce. Il y a le passage d'un train de banlieue, au loin. On est à l'abri. On dirait que, dehors, il gèlerait. On resterait ici, prisonniers d'un sépulcre de neige. Qu'elle tomberait bientôt, sans s'arrêter jamais.

Elle est assise sur la banquette, les reins symétriques, le dos droit, l'air appliqué. Il est assis à côté, sur une chaise pliante de camping, les jambes allongées devant lui. Il se cure la bouche d'un geste résolu. Elle fait ses premiers pas sur *Piano-Plaisir*.

— C'est mieux, tu es plus en rythme que l'autre jour, dit-il, la bouche pleine.

Sa langue circule dans sa bouche, enfle ses joues, nettoie les dernières miettes.

Il hoche la tête, sans la regarder.

À chaque accord plaqué sur le clavier, elle se penche légèrement en avant, naïve inclinaison du corps qui trahit plus encore ses premiers balbutiements. De temps en temps, fatiguée, tendue, elle retire ses mains du clavier et les étire. Elle les ferme, les déplie, en donnant des chiquenaudes de ses dix doigts à la fois. Elle lisse sa chevelure des deux mains, recommence.

Elle maîtrise déjà mieux la géographie de l'instrument, dresse un pont entre la partition et le clavier, fait correspondre la carte et son territoire. Mais les notes sont encore méthodiques, sans mouvement, bredouillées, fragiles, parfois méchantes.

Elle tiraille le clavier comme un enfant agace une nappe et manque de tout renverser. Elle articule avec maladresse, ses mains lui obéissent mal. Lire de bas en haut, elle ne s'y fait pas, la main gauche en clef de *fa* et la droite en clef de *sol*.

— Fais-le séparément, en lisant bien les notes. Fais d'abord la main droite.

Elle est troublée par la rigueur des dernières leçons, leur parfum scolaire sous des abords décontractés, alors que tout, de la pièce dérangée au jardin par la fenêtre, du tapis jamais épousseté à la chaise de camping, invite à autre chose qu'à de la méthode.

— Non, non, fais ce que je t'ai dit.

La carte n'est pas le territoire.

— Ça, c'est quand je me sens en confiance. Au début, je lis les notes et après je suis en confiance, je ne lis plus.

Elle glousse. Elle rit comme on a plaisir à se tromper.

Il sourit sans ouvrir la bouche.

Elle reprend.

Elle le trouve sévère, moins fier qu'à une époque, sous les scialytiques. Mais elle lui reconnaît une élégance qu'elle n'avait pas évaluée jadis, quelque chose de britannique qu'elle a du mal à définir, sans doute pour ce mélange de politesse spontanée et de nonchalance étudiée. Surtout, il n'est pas si curieux d'elle. Il a posé les questions qui l'intéressaient et s'est glissé bien vite dans un habit commode.

Il claque des doigts, en rythme, sans la voir.

Elle se trompe. Il a entendu, ne dit rien, pour qu'elle rectifie d'elle-même. Mais elle ne le fait pas. Il dit :

— Non, en croisant les bras.

Elle recommence. Il n'est pas si curieux d'elle.

La question de son handicap est réglée. Ses appareils pallient suffisamment ses pertes auditives pour lui permettre d'écouter ce qu'elle joue. Elle n'est pas sourde. Alors il donne ses leçons comme à une autre. Et il met trop de zèle, à faire comme il en a toujours l'habitude.

Il hoche la tête, mécanique, en pensant à autre chose. Et les photos ? Celles de Laura, qu'il proposait de lui montrer ? Elle réclamera la prochaine fois. Oui, elle réclamera. Non mais. Et elle demandera des nouvelles d'Aurélie, pour lui rappeler qu'elle la connaît, qu'il se souvienne un peu qui elle est par rapport à eux.

Elle dit :

— Jeudi, je ne peux pas.

Elle guette une réaction, de la déception.

— Ah bon ? Tu ne peux pas le jeudi.

Il y a quelque chose de contrarié dans la voix, mais qui n'est pas de l'inquiétude.

Il a compris : tous les jeudis.

— Si, juste ce jeudi.

— Mercredi, tu peux ?

Se faire désirer un peu.

— Oui, je viendrai avec Matéo.

Le dit avec un peu d'autorité.

Ils sont debout, elle est sur le point de partir. Le moment où, ailleurs, on échangerait quelques mots inutiles. Où l'on parlerait des rafales à cent vingt kilomètres-heure qu'ils ont annoncées dans la région de Metz, où l'on ne connaît personne, dirait du mal de l'adjoint au maire à la voirie, expliquerait où a été prise cette photo, rappellerait où est Tenerife. Non, il veut qu'elle fasse des gammes.

— Tu te souviens. La droite est piquée, le poignet très souple.

Il lui montre dans le vide, encore une fois. Elle hoche la tête, enfile son manteau, s'empare de son sac, veut s'en aller maintenant. Il ajoute, avec malice, comme pour s'alléger, parce qu'il doit se sentir un peu étriqué, dans son uniforme :

— Tu verras, il y a toujours une main plus lourde que l'autre.

C'est ça.

— À mercredi.

Voilà trois quarts d'heure que le garçon s'ennuie à écouter le jeu décousu de sa mère depuis le canapé. Après dix minutes, Louis l'a vu jeter des regards désespérés, qu'elle n'a pas pris au sérieux. Au début, il était intrigué de voir sa mère se faire reprendre, être contestée par cet homme qui lui dit de recommencer, auquel elle obéit. Elle, contrite, qui reconnaît :

— J'ai confondu la main droite et la main gauche.

L'autre, qui a la réponse :

— C'est parce que tu ne lis pas de bas en haut, tu ne sais plus où tu en es.

Elle va recommencer cette troisième phrase du *Sang viennois*, de Johann Strauss fils (1825-1899).

C'est curieux de voir sa mère apprendre à lire, qui ânonne, la main lourdement posée sur le clavier, le regard rivé sur la portée, comme un doigt dans le texte, sous la ligne, indiquant sans ambiguïté la syllabe à déchiffrer.

À la faveur d'une pause, il se manifeste, proteste, voudrait retourner dans la voiture chercher quelque chose.

— On ne va pas retourner à la voiture, Matéo,

t'as vu où je suis garée, le temps d'y aller et de revenir…

Oui, mais le temps ne se compte pas pareil.

Fanny reprend le thème.

Alors qu'elle a les yeux dans la partition, Louis se lève silencieusement de sa chaise pliante, les deux mains en appui sur les accoudoirs de plastique dur, en essayant de faire grincer le moins possible les ressorts du cannage synthétique. Il passe devant Matéo, s'agenouille face à un rayonnage de la bibliothèque, fait glisser rapidement un doigt sur la tranche des ouvrages alignés, arrête son index sur l'un d'eux, le bascule dans son axe, d'une simple traction de la phalange, le sépare des autres, lui glisse dans les mains. Dans l'élan, Fanny a peut-être vu, mais ne s'est pas arrêtée. Loisel, Trondheim, Ceppi, Bilal, Vance, Francq… des œuvres superbes, triées sur le volet dans les sous-sols de librairies parisiennes, des bandes dessinées qui ne sont pas encore de son âge, ne se livrent pas facilement, vont le dérouter, finiront bien par l'intéresser.

— *Le plancher, vite !*

— *Le voilà !*

— *Attention aux pieds !*

*C'était le prix à payer pour quelques unités d'espace vital de plus. Plus tard, ils m'expliquèrent que l'ascenseur passait cinquante à soixante fois par jour ; mais ce léger inconvénient n'était rien comparé à l'extrême inconfort des deux consignes qu'ils louaient à la gare précédemment**.

— On y va ?

La leçon a duré cinq quarts d'heure.

— Elle est bien, ta bédé ?

Il hoche la tête, absorbé par sa lecture, avalé par le canapé, disparu derrière un opus de Marc-Antoine Mathieu. Le temps qu'il finisse sa page, on se sent obligé de parler un peu. Elle a honte de ne pas le savoir encore :

— Je suis professeur d'économie à Malakoff.

Elle aurait pu le lui demander plus tôt. Alors, la vie de cet homme, c'était ça, trente heures par semaine, l'économie et la musique ? Elle se pose la

---

* *L'Origine*, Marc-Antoine Mathieu, Delcourt, 1991.

question, avec l'étonnement réflexe que provoquent les contraires – la peinture sur soie et les mathématiques analytiques, une voix douce et un troisième dan de karaté, Schumpeter et Schubert. Elle est contente de l'avoir appris dans ce sens-là, qu'il soit pour elle un mélomane professeur d'économie, plutôt que l'inverse.

Un bruit de page tournée :

— Non, tu as dit que tu finissais ta page.

Matéo sourit, bon joueur.

— T'as essayé de m'avoir, pas vrai ?

Jeudi prochain, elle viendra encore avec l'un des deux, parce que la mairie fait dératiser l'école, qui sera fermée, elle ne sait plus laquelle. Oui, il paraît qu'il faut dératiser les sous-sols, que c'est une infection, elle aussi ça l'a étonnée. Elle ne sait plus si c'est son école ou celle de sa sœur. Elle annonce la couleur :

— Si c'est Nathalie, c'est pire.

Elle prévient qu'elle est plus retorse, que la gamine de quatre ans exprime oralement son ennui, geint, chouine, se tortille dans tous les sens, glisse du canapé en faisant tire-bouchonner ses vêtements.

Tout un programme.

La main sur la poignée de la porte, le ton badin, il l'accuse encore :

— Tu n'as pas travaillé cette semaine, hein ? Il faut que tu t'exerces plus.

— Si, un peu.

— Disons que tu n'as pas énormément travaillé, négocie-t-il, souriant.

Il lit un reproche muet dans les yeux de Fanny, prise en faute devant son enfant, un sentiment subit d'injustice. Alors, il se tourne carrément vers lui :

— Elle travaille, ta mère ? bouffonne-t-il.
Matéo hoche timidement la tête.
— C'est bien.
Il sourit, fait un signe de la main, et referme doucement sa porte, comme on donne l'absolution.

Des dessins animés occupent la partie inférieure du meuble de la télévision. La mère et la fille le regardent avec des yeux ahuris d'admiration. Assez content de son effet, il a une phrase mystérieuse au sujet de certaines relations qu'il aurait fait jouer pour les obtenir. Cela suffit pour créer, autour de la pile, un climat euphorique de marché noir en pays occupé. Ce n'est qu'une cassette qu'il glisse dans le magnétoscope, on se l'imagine très bien circulant sous le manteau, au lever du jour, sur un quai de gare, un rayon de lumière qui ricochait sur le titre tandis que l'objet rectangulaire passait d'un duffle-coat à un autre.

— Si tu lis, les doigts iront tout de suite là où tu lis.

— Je sais pourtant.

— Mais ça n'arrive pas qu'à toi. Allez.

Fanny regarde Nathalie, silencieuse, étendue par terre, un casque trop grand sur les oreilles, étonnée de cette attention de Louis, se demande si elle a le droit de prendre pour elle la gentillesse qu'il a pour ses enfants – il est peut-être de ces gens qui disent leur affection par gestes détournés, par relais, par mots interposés, comme on caresse innocemment un chaton dans les bras d'une jolie fille, brav' Margot.

— Je lis *sol* mais je fais *fa*.

— Tu as voulu le faire, et après tu l'as enlevée.

De ces gens qui ne savent pas faire autrement, ne connaissent pas d'autre chemin pour dire les choses. La gentillesse du pauvre, bonne à prendre, le sentiment compliqué, mieux que rien.

Il faut interrompre le film, entreprise plus hasardeuse que de laisser finir une page illustrée. De guerre lasse, debout, ils attendent un peu malgré eux, devant l'écran colorié.

Louis regarde Nathalie, puis Fanny, se demande comment elle va s'y prendre.

Lui qui n'a jamais vu Vincent cherche à inférer le père à partir de l'enfant. Il s'est d'abord essayé à l'exercice avec le garçon. Prendre l'enfant, soustraire la mère, déduire le père. Je prends deux et je retiens un. Discerner chez l'enfant la part de la mère et en déduire celle de l'autre. Il a vaguement imaginé à quoi il pouvait ressembler, a émis plusieurs hypothèses.

Nathalie fausse ses calculs, il renonce, retourne à Fanny.

Mais soudain revient sur la fille, remonte jusqu'à la mère, de profil, va froidement de l'oreille à l'enfant, le regard médical. Comme on étudie une blessure avant d'en contempler l'auteur.

C'est un beau piano droit, petroff since 1864. Elle s'assoit sur la banquette rebondie, soulève l'abattant, plie grossièrement l'écharpe de feutrine verte, cherche la page, ménage un silence, aime ces premiers gestes.

Elle a remarqué sous le clavier une minuscule serrure dorée où peut s'introduire une clef de secrétaire. Celle d'origine n'existe plus sans doute, condamnant le clavier au même destin que celui du portail, ouvert à jamais. Elle le regrette. Elle aimerait avoir à fournir ce mouvement supplémentaire, tourner une clef dans le couvercle en écoutant le cliquetis de la serrure, l'aveu de sa défaite. Que ce piano ait aussi un parfum prohibé, permette de rejouer à jamais la scène de l'interdiction que l'on méprise et transgresse.

Certains jours, elle a un air de lycéenne appliquée. Mais, le plus souvent, une attitude de colère concentrée. Quand elle n'arrive pas à faire passer une phrase, elle se trahit par des gestes nerveux et désajustés qu'elle réfrène aussitôt, que Louis fait semblant de ne pas voir. Elle joue autre chose que de la musique sur ce piano. Il y a les gestes nerveux et courts d'un combat déloyal. Qu'importe. Le clavier s'affermit sous ses doigts. Son poignet gagne en souplesse, ses mains en élasticité. L'optimisme est terrible quand il est résigné. Elle respire mieux. Son jeu heurté s'arrondit. Une révolution mentale se fait doucement : elle réussit à oublier le clavier. Elle oublie la mécanique de la touche sur laquelle il faut appuyer pour déclencher le marteau et cogner les fils d'acier. Elle parvient peu à peu à s'en abstraire, à s'imaginer que ses doigts touchent directement les cordes. Dans son jeu, cela s'entend.

— Tiens bien la note, sans presser la main gauche… donne du mouvement à la ligne, sois pas mécanique.

Le plus souvent, il n'est pas bavard. Un peu en retrait, il fait ce qu'il veut. Épie sa nuque. Ses reins. Se balance. Ou bien se tient très droit, très raide. Étudie comment ses prothèses sont faites. L'encourage du menton. Bâille discrètement. Claque des doigts. Croise résolument les bras et les jambes. Avance un peu sa chaise. Tourne les pages pour elle. Si l'une d'elles ne tient pas, menace de revenir, se penche, la remet en place pour lui éviter de s'interrompre.

— Reste proche du clavier avec ta main gauche… pose bien la reprise, ne ralentis pas avant.

La leçon terminée, ils évitent de parler, avec cette sensation désagréable de la salle qui se rallume.

Un enfant est là, il sert d'alibi : on se tourne vers lui – quelquefois il ne veut pas partir, on s'en amuse.

Fanny est seule, elle se contente de sourire, pudique.

Il lui fait parfois un compliment.

Il lui donne du travail à faire chez elle.

Elle paie.

Le ciel est bâché. L'air froid, piquant. Un jour lugubre éclaire la pièce. Février et sa caricature sur un même portrait.

Elle est venue seule.

Elle porte sur les épaules un châle qui glisse sans cesse, comme une mèche infernale ramenée derrière l'oreille à chaque instant.

Elle n'arrive pas à faire passer une phrase, bute, s'arrête, recommence. Il croit l'aider en lui dictant les notes derrière son dos. Le clavier énerve ses mains, elle n'y parvient pas. Il ose tendre une main sur les touches – ce qu'il ne fait jamais – et pianoter lui-même pour lui montrer. Elle hoche la tête, recommence.

Elle y parvient presque, recommence aussitôt.

— *Fa* ! *Fa* ! *Fa* ! dit-il soudain en montrant du doigt la partition, comme on prend quelqu'un à témoin.

Il est de trois quarts sur le côté, ne l'aurait pas fait s'il avait vu son visage.

Elle ne dit rien, recommence du début. La phrase difficile s'approche, elle se crispe à nouveau, accélère, prend de l'élan pour finir plus vite, trébuche.

C'en est trop. Sous ses deux coudes, d'affreuses notes retentissent. Il lève les yeux : elle pleure dans ses mains.

Il est tétanisé, désemparé, mort de honte. Et en colère malgré tout, comme on l'est devant des larmes incomprises.

Elle essaie de parler, cela la fait pleurer de plus belle.

Elle répète :

— Je n'y arriverai pas.

Bêtement, il fait non de la tête :

— Mais si.

Elle finit par montrer du doigt une touche éloignée dans les aigus et avoue brutalement, à travers les larmes :

— Je n'entends plus.

Un silence suit, dans lequel tombent les aveux lorsqu'ils sont terribles.

Éperdu, il demande :

— Même avec tes appareils ?

Elle hoche affreusement la tête.

— À partir d'où, exactement ?

Elle incrimine une touche. Un *mi* de la sixième octave. Il ne veut pas y croire.

— Tu n'entends plus les aigus et tu ne me l'as jamais dit ? souffle-t-il, comme à part soi.

Ils se taisent longtemps, d'un silence prolongé et dangereux qui doit absolument aboutir, déboucher sur la parole.

Louis baisse la tête. Comment a-t-elle pu faire semblant ?

Les larmes s'interrompent. Fanny regarde l'écran noir de la télévision, comme une bouche d'ombre au fond de la pièce.

Par la fenêtre, il y a le jardin et, au fond, la promesse d'une forêt. Un taillis dont elle ne sait toujours pas la profondeur. Des arbres épais, une forêt noire plantée de chênes, d'épicéas et de cèdres, un début de Bade-Wurtemberg. Le jour est en train de tomber.

« Il doit faire un froid de loup, là-bas », pense-t-elle, en regardant vers les sous-bois. Ils ont l'air si profonds. C'est curieux, le pressentiment de cette forêt impénétrable, en plein quartier pavillonnaire.

Il la regarde, voudrait lui dire quelque chose. Non, il y a encore cette larme qui glisse doucement sur l'arrondi de sa joue, plus désespérante que toutes les autres, parce qu'elle est seule. Il lève la main, l'approche doucement de son visage, touche la larme du doigt, qui éclate et disparaît. Surprise, elle se tourne vers lui, et sourit, très belle, en baissant les yeux.

Dans le silence de la pièce, on discerne le chuintement de la tuyauterie et la respiration tranquille de la chaudière. L'irruption de ce bruit régénère le silence, le rend plus insupportable encore. Il faudrait parler, dire quelque chose de consolant. Ne lui a-t-elle pas dévoilé la vérité, ne connaît-on pas la fin ? Elle sera sourde, point.

Fanny se mouche, sèche les larmes qui lui restent.

Louis, qui la regarde à la dérobée, lui trouve un air bizarre, farouche.

Il la voit tout à coup retirer une prothèse, puis l'autre, les poser d'un seul geste sur le piano. Il y a comme un léger vague dans son regard. Puis elle place ses mains sur le clavier. Une pluie de notes retentit dans la pièce. Des notes propres, fluides, ponctuelles. Le sang lui monte aux joues.

Louis regarde cette sourde qui se suicide sur son piano.

C'est un beau piano droit, petroff since 1864. Ses courbes laquées dessinent des reflets noirs, profonds et obliques, dans lesquels il écoute Fanny, immobile.

Il les regarde, ces mains bondissantes qui s'agitent sur le clavier, ces mains de sage-femme, claires et encore douces, ces mains plus souvent caoutchoutées, trempées d'eau et de sang, plongées dans la chair des femmes.

Elle vide la partition sans prendre le risque de s'interrompre.

Il lui parle dans son dos, mais elle n'entend pas. Alors, il lui touche l'épaule, elle se retourne, et lit sur ses lèvres :

« — … rythme bon… presque pas… fautes… je pense juste… aurais pu appuyer… reprise du thème… recommence. »

Une fois Fanny en allée, il s'est assis dans le canapé, ébaubi.

Il regarde le piano, lui trouve un air de ne pas y toucher, un air de propreté, comme-il-faut, quelque chose d'ironique qui semble lui dire, dans son immobilité sage : je ne suis qu'un meuble, n'y suis pour rien.

Il regarde cette pièce vide qu'il ne connaît pas, où elle était encore voilà cinq minutes. Il se lève, s'assoit sur le velours où elle se tenait assise à l'instant, et, sans toucher au clavier, cherche la place exacte où elle était, la position de son corps, de ses bras à demi levés, veut retrouver en tâtonnant la position juste, se glisser dans le souvenir qu'il a d'elle.

Assis dans la baignoire, il se lave machinalement, se parle à lui-même, en silence, se frotte le corps avec énergie, remonte le cours du hasard, s'adresse à Adrien, lui demande ce qu'il en pense, lui fait admettre que ce n'est pas tous les jours, une femme pareille. Il en oublie jusqu'à s'être ou non lavé les cheveux, paumé dans ses pensées, et, dans le doute, se shampouine une seconde fois.

Il se couche, les yeux ouverts dans l'obscurité, dans cette maison vide qui l'écrase. Le vent s'est levé, les arbres remuent et frissonnent d'un seul mouvement. L'aboi d'un chien dans la rue, un bruit mat. Il ouvre les yeux. Dans le noir de la pièce, il entend une branche cogner contre la vitre du salon. Des ombres brisées tombent par terre. Seul dans son lit, tenu par une peur indéfinie, il se relève, vaincu, s'avoue qu'il n'arrivera pas à dormir. Il fouille dans le tiroir de la table de nuit. Hélène avait acheté des boules Quiès, elle les a peut-être laissées.

Il a rallumé la lampe près du piano, coincé la sourdine, étouffé l'orifice de ses oreilles, éteint le vent, la tempête.

Il joue maintenant, et il écoute.

L'harmonie n'a plus beaucoup de sens.

Reste le rythme.

Ce rythme sans lequel la musique ne peut exister. Ce rythme qui la précède en tout, et qui existe sans elle, dans le roulis du train, sous les pas, dans le froissement des arbres, le bourdonnement du frigo, le battement de la branche sur la vitre, le passage du jour à la nuit, le mouvement de l'eau, le moindre geste. Ce rythme qui fait de la musique une durée avant d'être une mélodie, une alternance de sons et de silences entremêlés, qui donne aux phrases leur respiration, lie les notes entres elles, inséparables.

Il lui reste ça. Et le souvenir.

Les notes qui ne lui parviennent pas, arrêtées par le double obstacle de la sourdine et de la cire dans ses oreilles, sa mémoire les restitue. Inconsciente mnémotechnie qui comble les vides de son jeu.

Ce n'est pas si mal. Non.

Il joue longtemps, pour lui-même.

Et s'arrête, fatigué, retire les bouchons de cire de ses oreilles, pense à aller dormir. Un regard dans sa main : ils ont gardé leur empreinte, une forme qui leur est inversée, intimement symétrique, comme un moulage.

Si intime, qu'il préfère les cacher, les ranger dans sa poche.

Il n'entend plus souffler le vent.

Il n'en est pas sûr, mais... il se lève, s'approche de la vitre noire, scrute son jardin.

Il neige.

De cette neige qui embellit tout, rend aux ruines leur virginité, comme la maternité aux filles de rien.

Il l'attend. Incapable de s'en distraire.

Jeudi, on est bien jeudi ?

Seul devant l'instrument désert, il l'attend. Il a ouvert le livret de la partition à la page exacte, comme on met le couvert.

Jouons, ça la fera venir.

Il aligne pour lui les quelques notes de la page. Mais le cœur n'y est pas, ses mains se détournent.

Il l'attend, incapable.

Et il le fait si bien qu'elle ne vient pas.

L'heure est passée.

Il est envahi d'un sentiment de terrible danger. Il voudrait l'appeler, il n'a rien. On a tort de ne pas se méfier. Il pourrait demander à Aurélie, mais il ne se voit pas le faire. Décrocher, composer le numéro, entendre les tonalités, dire bonjour, c'est Louis, prendre des nouvelles, formuler quelques phrases pour noyer la question, demander son numéro. Il ne le fera pas.

De la cuisine, au salon, à la cuisine, à la fenêtre, au salon, à la cuisine, à la fenêtre, il réfléchit, finit par plaquer ses poings contre ses hanches au milieu du séjour :

— Qu'est-ce que c'est que cette histoire ?

Il doit forcément y être pour quelque chose, il se met à douter de lui, de la manière qu'il avait de lui parler, projette le souvenir de sa propre image, réécoute sa propre voix.

Je me suis mal comporté.

Il s'énerve, formule les questions et les réponses.

Elle n'entend plus certains aigus, ce n'est pas une raison. On n'est pas contraint de ne jouer qu'à droite du clavier, tout de même. Et les médiums ? oubliés ? Et les graves ? aux orties ? Elle n'est pas encore sourde, merde.

Cette affaire ne se réglera pas à l'amiable. Cette femme lui est venue, il se sent responsable. Il est sûr qu'Adrien pense comme lui. Par la fenêtre, il regarde les arbres givrés. Elle pourrait surgir maintenant, comme l'autre fois, il veut bien qu'elle lui foute la trouille, même exprès, il préfère cette peur-là.

— Elle ne veut plus ?

Il en est désespéré.

— Elle ne veut plus.

A-t-elle ne serait-ce que son numéro de téléphone si quoi que ce soit l'avait empêchée de venir ?

Mais au fond de lui, il sait.

On sait toujours.

Le jeudi suivant, il l'attend.

Il a mis la table, par principe.

Il regarde encore la forêt, immobile et poudrée.

Il a moins peur, il est prêt. Il a pris la décision d'y aller, elle le soulage. Il jette des regards courts au réveil du canapé. Il aimerait tellement ne pas y aller. Il se sent prisonnier de sa décision, qui le soulage et qui l'enferme. Il ne peut rien contre, il en est sûr, s'en étonne presque, lui qui d'habitude, sur l'essentiel, ne sait pas vouloir.

Sortie numéro 10, départementale 836, rue de Rambouillet, le pont, passer sous le pont, rue du Potelet, à droite. Il se gare en bas, car il sait bien que, près de l'entrée, c'est un tout petit parking. Il monte à pied le long de l'allée goudronnée avec la sensation qu'on l'épie.

La porte vitrée s'efface devant lui, en symétrique, dans un feulement mécanique.

Il passe souverainement devant la secrétaire de l'accueil, en jeune père légitime, qu'il est, qu'il a été, juillet n'est pas si loin.

Il se compose un air de familiarité avec l'endroit.

pour se donner le courage d'aller au bout du couloir.

Ses chaussures crissent sur le linoléum, il a l'impression de faire un boucan de tous les diables, qu'à chaque instant quelqu'un va surgir, lui demander d'arrêter ce vacarme.

Une femme vient à sa rencontre dans une robe fleurie, les mains ramassées sur un enfant qu'elle promène dans ses bras. Il entend l'émotion extraordinaire dans le silence de cette mère avec son nouveau-né, qu'elle ne quitte pas des yeux. Il ralentit son pas pour regarder l'enfant, petit chaton encore aveugle, les paupières fines, bombées et rougies. Elle croise son regard posé sur l'enfant, lui adresse un sourire de propriétaire. S'il regarde son petit, c'est qu'il la regarde elle aussi, car c'est à elle ce petit bout-là, et l'aimer, c'est l'aimer aussi.

Plus loin, une autre, plus petite, qui doit venir pour une dernière échographie, retient contre elle ce gros ventre tiède où elle serre son trésor. On le devine à son air tranquille qui dit : ce n'est pas pour tout de suite.

Une autre attend debout, une chemise d'hôpital ouverte dans le dos, le ventre plat, les mains vides, inquiétantes.

À l'extrémité d'une rangée de chaises en plastique dur, un homme dans son journal. Ne me dites pas que sa femme accouche à côté, ne me dites pas ça. Il sent monter une colère. Il a vu, lui, un corps s'ouvrir, les grimaces muettes de la douleur, les convulsions de la vie, une femme rudoyée, pâle de faim, brûlée de soif, suffocante, le visage émacié de fatigue, rouée de ces coups qui ne blessent pas, la bousculade débraillée des premières heures, sous la lumière mate d'une herse de néons, le moyen âge recommencé. Il se donne du cœur au ventre, passe avec dédain : il n'a pas besoin qu'on le renseigne, qu'on le rassure, ou de s'occuper, il n'est pas là pour flâner, ou savoir comment va le monde.

Le bout du couloir. Il entre dans la bulle vitrée des sages-femmes, demande à une femme en blouse si Fanny est là.

— Elle est derrière, dit la femme.

Il remercie et s'avance, sûr de lui.

— Elle est en travail, monsieur.

Elle est en travail ? Il a envie de rectifier : au travail. La formule est si naïve, elle en est touchante. La femme ne lui barre pas le passage, elle l'a simplement appelé « monsieur ». Si elle avait formulé une interdiction quelconque, il se serait senti moins désarmé qu'il ne l'est par cette phrase de mystère. En travail, monsieur. C'est un univers de femme, ici. Il s'est immobilisé, penaud, brisé dans son élan. Elle doit sentir quelque chose de sincère et en détresse :

— Je vais voir si elle peut s'absenter. Qui la demande ?

Cette phrase toute faite achève de le terroriser. Il doit avoir l'air d'un amant éconduit. On lui parle à la troisième personne.

— Louis.

Il voit l'expression du visage de Fanny à l'annonce de son nom, la colère empreinte d'étonnement.

La femme disparaît derrière une porte percée d'un hublot. Il a le temps d'apercevoir, dans l'enfilade des pièces, le corps d'une femme allongée, dépeignée, le ventre plein. Une femme qui se videra bientôt, quand la nature en décidera. Il se sent suspect. Il perçoit un rire derrière la porte, un peu forcé, nerveux, de la femme qui attend, entre deux contractions. Il n'a rien à faire là, près de toutes ces femmes, il veut s'en aller. On n'a pas besoin de lui ici.

Une ombre derrière le hublot, la porte s'ouvre brutalement : Fanny, énergique, pressée, qui pousse le battant en formulant un ordre à quelqu'un derrière elle, au sujet d'une perfusion. Elle lève les yeux. La porte dans son dos se met à battre doucement sur ses gonds, jusqu'à l'immobilité.

Ils se regardent.

Il se sent menacé par le spectacle de cette femme capable. Elle porte une blouse rose pâle, la poitrine saillante. Elle a sa paire de Scholl aux pieds, ces grosses sandales d'infirmière à lanières blanches, dans lesquelles elle va pieds nus. Elle a relevé ses cheveux en chignon, haut, fonctionnel, les oreilles visibles, dégagées, qui la dénoncent. Il est là, devant cette beauté à l'arrêt, cette féminité hardie d'infirme.

— 'jour.

— Salut.

À son regard inquiet, il devine : elle croit peut-être que cela a à voir avec Aurélie ou Laura. Il a un sourire à peine visible qui doit la soulager, mais elle garde les sourcils un peu froncés, ne sachant pas encore ce qu'il faut en penser. Doit-il faire le timide ? Il a les mains froides. Il ne sait plus comment agir, pourquoi il est là, veut remettre la main sur sa colère. La voir ainsi, il voudrait s'excuser. Il n'a aucun tort, mais quand même ; de son irruption, de ses pensées dans le couloir, de ses chaussures qui crissaient. Il constate doucement :

— Tu n'es pas venue jeudi dernier.

— Excuse-moi, j'aurais dû t'appeler, en fait, je voulais t'appeler.

D'où se permet-il de raccourcir la distance ?

— Tu...

Il n'ose pas la déranger au travail pour ça ?

Tu aurais pu me prévenir. Non, surtout, ne pas le dire.

Ils se regardent comme deux belligérants. Elle commence à peine à réaliser que sa présence ici est incroyable, inquiétante, extraordinaire, intolérable.

Timidement, il demande :

— Tu ne veux plus ?

Un petit garçon abandonné.

Elle le regarde du bout des yeux. D'où sort-il, celui-là ?

Elle se demande si elle va se mettre en colère.

Il ajoute, d'une voix désarmante :

— Il faut que tu continues. Après, tu vas être sourde.

Une franchise d'enfant. Qui la bouleverse, d'un coup d'un seul.

Il sait.

Elle se sent nue. Elle voudrait dénouer ses cheveux, les faire tomber en pluie sur son corps, s'en recouvrir entièrement, se cacher en dessous. Elle a un haussement d'épaules, lourd d'élégance, d'un geste qui abolit, qui a raison de tout. Va et me laisse en paix, disent ses yeux égarés, va-t'en, laisse-moi je t'en supplie. Mais il reste, garde sur elle son long regard brun, immobile. Alors, il n'était pas prévisible ? Son application sévère à la faire travailler, il la prenait là, dans l'admiration émue de son projet d'infirme ?

— Tu es venu pour me dire ça ?

Elle voudrait lui dire que tout est vain, tout espoir laminé, mais son regard lui dit que non, que ce n'est pas vrai. Il ne dit rien, le silence plein de détermination et de fermeté muette. Et il la rattrape ainsi, la fugitive, avec trois fois rien, un déplacement à l'improviste, deux phrases, un peu de silence.

— Qu'il faut venir chez toi parce que, après, je vais être sourde ?

La femme en blouse revient, le regard en coin sur Fanny, guettant son attitude, bonne ou mauvaise : fallait-il dire qu'elle n'y était pas ? Elle demande :

— C'est Anne qui te relève aujourd'hui ?

— Oui, à dix-neuf heures.

Elle doit lui faire vider les lieux, à cet homme imprévisible, trop dangereux et trop honnête, se débarrasser de cet homme merveilleux.

— Je... je verrai si je peux venir jeudi, jeudi prochain.

À la bonne heure.

Il a le sourire qu'il faut, modeste, laisse entendre que c'est elle qui a raison, que c'est son idée, qu'au fond, jeudi prochain, oui, c'est une bonne idée.

Il est déjà venu ici.

Il n'a plus peur. Il connaît l'endroit. Il pourrait rester, il resterait bien.

Elle lui ferait une place. La femme, là-bas, dans le couloir, qui attend ? Elle a le ventre près d'éclater, il manque peut-être quelqu'un pour lui tenir la main, qui doit venir, peut-être.

Elle a un sourire un peu plus appuyé que d'habitude, qui trahit sa timidité nouvelle.

Ils se sentent un peu maladroits, confus, comme deux amis réconciliés qui viennent de se retrouver.

La neige a recouvert le jardin, la pièce baigne dans une flaque de lumière blanche, un peu laiteuse. En entrant, tout lui paraît bouleversé comme si elle n'était pas venue depuis une éternité. Louis a simplement basculé le piano à la perpendiculaire du mur. L'instrument dévoile la peau fragile de son dos, une mince paroi en bois clair. La table d'harmonie est à nu, une planche taillée dans un épicéa de Hongrie, traversée de barres diagonales en bois massif.

Pour la première fois, elle le voit s'installer au clavier.

Il se sent sûr de lui. Elle s'en est allée, lui est revenue, c'est qu'elle ne repartira plus.

Il l'invite à faire le tour. Il est venu la chercher par la peau des fesses à la maternité, elle n'a plus qu'à obéir, préfère se laisser faire, intriguée par cet homme qu'elle ne connaît décidément pas. Elle contourne l'instrument et disparaît derrière.

— Retire tes appareils.

Les deux contours glissent dans sa main, qu'elle vide sur le sommet du piano. Elle pose ses doigts à plat sur le bois : il est tiède.

Louis, d'un geste sûr, fait résonner l'instrument.

Elle se sent d'abord aussi indiscrète que derrière une porte, à écouter une conversation personnelle. Elle écoute avec ses mains, mais l'indiscrétion n'est pas moindre. Les vibrations irradient ses doigts, franchissent le poignet, remontent doucement jusqu'au coude, passent, affaiblies, dans l'épaule, viennent mourir dans sa poitrine. Elle sent parfaitement dans ses mains quand le piano s'exclame, ralentit, s'adoucit, ou, au contraire, prend une voix sentencieuse. Elle fait glisser ses paumes sur la planche, dans l'intervalle oblique des barres de table. Les frémissements du bois lui parlent un langage qui n'est pas aussi articulé que celui du clavier, mais qui ont sa logique. Elle a l'impression diffuse de pouvoir toucher la musique – et la vague impression de toucher Louis, mais chasse vite cette pensée. Pour elle, la musique deviendra bientôt cela : un fourmillement dans les doigts, vivant, fragile. Cette pensée l'apaise. Sourde, il lui restera ça, une main qui console.

Ses paumes lui disent que Louis s'est arrêté de jouer. Il se lève et lui sourit en faisant un signe de la tête qui veut dire : à ton tour. Il s'approche de la fenêtre. Il a tellement grandi, en une semaine.

Elle se relève et reste un instant immobile. Que faire ? Comment remercier ? Elle se sent arrogante, d'être partie ainsi, sans lui dire rien, sans penser qu'il déménagerait son salon pour elle, et d'être revenue, les mains vides. Elle hésite à s'asseoir, fiche ses deux contours, le rejoint près de la vitre.

— Qu'est-ce que tu as joué ?

— Un truc à moi.

À lui ? Elle a manqué ça ? Si elle avait su, elle n'aurait jamais enlevé ses appareils. Et il refuse de recommencer ?

— Évidemment, dit-il, content de lui.

Elle rit, fait semblant de lui taper sur l'épaule.

La vitre s'embue sous leur regard.

La neige, soulevée de plis, est une nappe étendue sur la végétation morte.

Au milieu, une table en fer, pétrifiée par la neige. Un rond blanc en suspension sur trois pieds aux circonvolutions complexes. Un vestige de l'été abandonné là, saisi par le froid.

Elle s'écarte de la fenêtre, pour aller retrouver le piano.

Il la regarde se retourner.

Elle porte un pull d'homme qui flotte un peu autour de ses reins.

Elle revient seule à nouveau, sans enfant. Elle déchausse ses appareils, sans qu'on lui ait rien demandé.

Elle se plaît à penser qu'elle a choisi malgré elle la tonalité de leur relation, comme on pose les altérations à la clef.

On frappe, elle n'entend pas, continue de jouer.

Il se lève, elle s'interrompt, le voit aller ouvrir la porte, discuter avec quelqu'un.

Il revient.

un élagueur vient tailler les branches du sapin, écrit-il.

Le vent les a mélangées aux fils du téléphone. Il a une drôle d'écriture, intelligente, pas belle du tout. Il pose le carnet spiralé et la laisse seule avec *Fröhlicher Landman, von der Arbeit zurückkehrend,* Robert Schumann, Op. 68 Nr. 10.

Il reste si longtemps dehors qu'elle finit par s'ennuyer.

Les notes jouées pour personne, même avec application, elle ne s'y fait pas. Elle se lève, circule dans le salon, joue à vivre ici. Sur le bureau de Louis, son œil court rapidement jusqu'au sommet d'une pile de papiers, couverts de mots griffonnés en oblique au cours d'une conversation téléphonique, d'additions à double traits, de numéros de téléphone à huit ou neuf chiffres, de choses à faire, à penser. Il y a aussi du papier à musique, vierge. Ce serait amusant, pense-t-elle, qu'il lui donne à jouer un morceau de sa composition, plus pour elle que pour lui, d'ailleurs – il n'apprécierait peut-être pas de le voir massacré par la sourde. Elle tombe sur une série d'ouvrages d'économie aux titres terribles dont il faudrait penser à interdire l'édition. Dehors, un ronronnement lointain, celui de la tronçonneuse, sans aucun doute. Sur le piano, ses contours d'oreilles, les deux colimaçons en plastique beige qu'elle a posés là, sans pudeur. Elle les range au fond de sa poche, se tourne vers le panneau de liège, quelques photos permises, dont celle, bien nette, d'un jeune homme souriant, aux cheveux clairs. À côté d'une autre, les yeux baissés, donnant l'impression que l'objectif l'a surpris en train de penser à une chose grave.

Bonjour Adrien.

Beau, idéal à souhait. Souriant, mat, figé dans le souvenir, dans l'imagination du père qu'il aurait été. À droite, une photo récente de Laura. Le père et la fille réunis côte à côte. Aurélie a dû attirer son attention en l'appelant.

— Laura…

Il lui a fallu deux temps pour tourner la tête, encore lourde pour son cou fragile. Où est maman ? Partie ? Non, c'est sa voix. Elle est là. Elle sourit, pousse un cri : la photo est prise. Elle est déjà bavarde, lance de petites notes joyeuses qu'elle n'articule pas. Une petite bouille toute en joues, dans laquelle on a envie de croquer.

Louis la cueille devant le mur, elle ne l'a pas entendu rentrer. Elle dit, en sentant bourdonner sa voix dans la gorge :

— C'est toi qui as gardé le bracelet de Laura.

Le rectangle de plastique rose crénelé est punaisé à côté des photos. Il hoche la tête, dit quelque chose en se penchant pour épousseter son pantalon saupoudré de sciure. Comme si elle pouvait comprendre quoi que ce soit s'il ne faisait pas l'effort de lui parler à découvert. Elle avance d'un pas et se poste devant lui, bien en face. Un, deux, trois, soleil : en se redressant, il sursaute, surpris par son intrusion. D'un mouvement circulaire de l'index, elle lui fait signe de répéter. Il recommence en articulant avec trop de soin, elle n'y comprend rien. Elle se retourne, attrape le carnet laissé sur la banquette et le lui tend.

« Que de spontanéité », pense Louis.

Surtout que ce qu'il a à lui dire est vraiment sans intérêt. Mais pressentant qu'un abandon de sa part serait humiliant, il écrit :

je ne pensais pas que vous notiez tout ça

c'est quoi le numéro ?

À l'encre noire, très serrée, on a indiqué dans la fenêtre transparente du bracelet le prénom du bébé, le nom de la mère, la date et l'heure de la naissance, un numéro à trois chiffres. Elle écrit, sous sa ligne :

c'est le numéro de l'accouchement

Il lit, opine du menton, et lui demande, en face :

— Et après, vous en faites quoi ?

— Du numéro ou du bracelet ?

— … bracelet.

Elle lui explique qu'en quittant la maternité les parents font ce qu'ils veulent. Qu'en général ils le coupent avec une paire de ciseaux, qu'une fois serré on ne peut plus le desserrer.

— Un peu comme les colliers de fixation pour les fils électriques ? demande-t-il, concentré, avant de réaliser qu'il a parlé trop vite, qu'il va être obligé d'immortaliser cette phrase stupide dans le carnet.

Il tente de faire un geste pour signifier que c'est une bêtise, vraiment, sans importance. Évidemment, elle insiste avec d'autant plus d'énergie pour qu'il répète, en agitant le carnet sous son nez.

Elle lit par-dessus son épaule, se met à rire :

— Oui, oui, c'est ça ! Exactement comme les colliers de fixation pour les fils électriques…

Il sourit, bon perdant, il avait prévenu.

Ou alors ils forcent un peu le bracelet pour glisser la main du bébé au travers, ou sa cheville, quand le bracelet est attaché au pied. Comme il est abîmé, beaucoup le jettent.

Il réfléchit, hésite un instant. A-t-elle la possibilité de les récupérer, de les lui donner ? Elle répète, parce qu'elle n'est pas sûre :

— Te les donner ?

Il confirme de la tête. Elle a un regard étonné :

— Oui, peut-être, oui.

Il a un sourire mystérieux pour la remercier.

— Tu veux commencer une collection ? grasseye-t-elle.

— Oui, c'est ça.

Il baisse les yeux, s'applique sur une phrase.

je suppose qu'avec tout le temps que tu as eu tu maîtrises Fröhlicher Landman von der Arbeit zurückkehrend

Elle détourne les yeux en souriant, de mauvaise grâce, s'assoit au clavier, mine de rien, et lui montre.

Il écoute en hochant la tête. Dehors, la nuit est tombée. Il avance une main dans son champ de vision, lui indique d'accélérer. Il fait si noir dehors que la vitre du salon est devenue miroir. Elle a fait une fausse note, son doigt s'agite comme un essuie-glace. Elle s'interrompt. Elle ne parvient pas à distinguer les premiers arbres de la forêt. Elle devine à peine le premier rideau de végétation, ces troncs si serrés, si raides, qu'ils semblent marquer la lisière d'une forêt d'Europe centrale. Elle n'y voit rien, le jardin paraît encore plus vaste, la nuit venue.

Il l'accompagne sur le pas de la porte. Le sapin n'avait qu'à laisser les fils du téléphone tranquilles, l'autre n'y est pas allé de main morte.

Elle a remis ses contours d'oreilles et voilà qu'ils ne se parlent plus, redeviennent timides, réinventent le silence. Les branches nues où s'égoutte la pluie désolent son jardin, noir et brillant.

Au revoir.

Ils regardent la rue, seuls au fond de l'impasse sur laquelle s'installe la nuit. Elle va partir. Elle se revoit arriver ici il y a quelques mois, la porte fermée, être sur le point de rentrer chez elle.

Elle va partir, fait un pas, mais soudain se retourne, ouvre sa main, la pose sur la joue de Louis, comme on dit adieu, merci, presque malgré elle, un très court instant, lui sourit doucement, à peine, le temps de se retourner, de s'en aller avant qu'il ait eu le temps d'être troublé.

Je dois en avoir le cœur net, admet-elle en regagnant sa voiture. Elle démarre, remonte l'impasse, s'arrête au stop. Cette futaie, si haute, si noire. Au lieu de prendre à droite, tourne à gauche. Puis à gauche encore. Et voilà qu'on lui propose déjà de tourner à gauche. Et encore à gauche. Un carré de lotissements aux dimensions habituelles, plutôt dérisoires même, au regard de la noirceur de la végétation. Elle n'est donc pas aussi vaste qu'elle l'imaginait, cette forêt qui n'en est pas une, un fond de jardin boisé, rien de plus.

La mer a perlé rousse à tes mammes vermeilles

nathan

8 janvier, sept heures quarante-trois, dit le bracelet.

Louis est brusquement embarrassé. Elle s'est souvenue de cette histoire de bracelets. Bizarrement, il ne sait plus où se mettre, voudrait lui dire qu'elle exagère, qu'il avait dit ça sans y penser, qu'il ne fallait pas. Vraiment, les parents l'avaient jeté, c'est sûr ? Il noie son embarras dans un sursaut de curiosité pour ce Nathan dont il ne connaît que l'état civil. De tenir entre les doigts son bracelet, il se sent soudain concerné. Au même titre que pour les gens, à peine connus, jamais revus, dont il a appris un jour la disparition. Sans pourtant en éprouver la moindre tristesse, il restait un instant les yeux dans le vague, l'air un peu grave, ressentant comme le manque de cette personne qu'il n'aurait sans doute jamais revue, mais dont il savait qu'elle existait. Mystère que ce profond et sincère intérêt – pourtant éphémère – accordé à l'inconnu qui n'est plus. Celui qu'il ressent pour le nouveau-né.

— Ça t'intéresse vraiment ?

Il baisse les yeux. Oui, un peu, ça l'intéresse un peu, il veut savoir.

— La foire d'empoigne, lâche Fanny.

L'accouchement a du mal à trouver son rythme. C'est son premier bébé, à cette ogresse, elle est en travail depuis des heures. Tout au long de la nuit, la tête descend lentement dans le bassin. Fanny et l'interne guettent depuis des heures la progression de l'enfant, attendent le dernier moment pour demander à la mère de pousser – alors qu'elle en a une envie infernale – sachant qu'il sera alors trop tard pour revenir en arrière.

À cinq heures du matin, le pouls de la femme est à cent trente. Déménagement au bloc, au cas où, des fois que. Une salle carrelée, la même lumière gelée. Cent vingt kilos étendus sur une table métallique ridiculement étroite, dure, froide, obscène comme un étal. Elle glisse ses chevilles dans les étriers, en position gynécologique. Ses jambes sont lourdes, pleines d'eau, parcourues de plis de graisse. Son ventre se répand, dépasse de part et d'autre de la table, strié de pâles vergetures, séparé en deux par une fine ligne brunâtre qui descend du cœur au pubis, semble une médiatrice tracée à main levée. Elle crie, réclame la péridurale qu'on n'a pas réussi à lui poser : il n'est plus temps. Le mari, court, épais, regarde sa femme échevelée entre les griffes de la médecine. Il demeure stupide, l'air fautif, les mains vides, reste là en spectateur ahuri, paniqué par ses cris, n'ose même plus lui adresser la parole. Le monitoring s'affole : le cœur du bébé se met à taper n'importe comment. Et voilà que sa tête n'avance plus, comme bloquée sous l'os du bassin. Fanny glisse son bras en ceinture sous les seins de la femme et appuie de toutes ses forces vers le pubis. Guillaume vient en renfort, à son tour, presse des deux mains. Une minute sombre. Un corps à corps bestial avec ce ventre qui ne désemplit pas. La peur panique que le bébé reste embusqué là. Les haleines qui se mélangent dans l'atmosphère de la pièce, où l'on distingue celle de la mère, forte, entêtante, qui dit son jeun de douze heures. Les mains à plat, les manches retroussées, le front moite, un affreux climat d'expulsion, d'huissiers qui débarquent, de gonds qui sautent. La mère pousse de son mieux. Accaparée par l'effort, le visage gonflé, les joues en feu, elle hurle tout ce qu'elle peut. Ses intestins se relâchent, dans cette salle antiseptique qui se réchauffe enfin, commence à sentir l'humain.

La douleur s'exaspère. Elle supplie à nouveau qu'on lui fasse une péridurale, fixée sur son idée. Peine perdue à cette heure, lui répète Fanny. À cette réponse, elle entend une voix qui se met à l'insulter à l'intérieur de la mère. Ce n'est pas la première fois qu'elle a l'impression d'entendre une voix muette dans le cœur des femmes malmenées.

La tête de l'enfant apparaît enfin. La vulve s'arrondit comme un prépuce autour de son crâne. Son mari regarde, avec l'étonnement normal d'un homme qui a vu pendant neuf mois saillir un ventre, et qui, devant ce spectacle étourdissant d'un être dans un autre, réalise seulement aujourd'hui qu'Odile est un mammifère. Fanny l'attrape par la manche, lui donne l'ordre d'appuyer à son tour. Il s'approche de la table, un peu soulagé qu'on le sorte de l'indifférence où il était relégué, de pouvoir enfin déniaiser ses mains. Il arrondit ses deux paumes sur le ventre proéminent, appuie avec timidité, démuni devant ce corps dément que la lumière électrique détaille trop. Mais le voilà qui se résigne et appuie à son tour.

Les tissus se distendent dangereusement, pâlissent, s'amincissent. Dans l'élan d'une poussée, Fanny glisse deux doigts entre la tête de l'enfant et le périnée, donne un coup de ciseau précis dans l'espace ouvert de son index et son médius. La femme n'a rien senti, elle ne l'a pas prévenue, pour qu'elle ne se crispe pas.

La voie est libre au passage de l'enfant, qui progresse en se vissant comme on taraude doucement une chair friable. Le ventre se vide enfin. Le bébé glisse, sort lentement, semble un aliment compact longtemps digéré, un étron de chair humide et chaud. La mère se cambre dans un dernier effort : l'enfant échoue, à demi arraché du néant, dans les mains de Fanny, avec toute l'ironie d'un dénouement éclair au terme d'un travail interminable. Il y avait bien un bébé là-dedans, blotti dans cette chair formidable.

Un garçu de deux mille cinq cents grammes, ridiculement petit.

Un miaulement : il respire.

Il est rendu à sa mère dans la caresse d'un linge. On lui coule le bébé dans les bras, elle le pose au creux de son ventre tiède, ouvre la serviette pour sentir sa peau contre la sienne. Elle caresse le duvet de son crâne, dessine la fontanelle. Son petit s'ébroue avec des gestes alentis, écarquille les doigts. Elle lui mange le visage de petits baisers, le goûte.

Son homme la regarde, apaisé, lui prend la main, lui parle à nouveau. Elle lui sourit maintenant, gagnée par cette joie profonde qui n'est jamais bruyante. Elle semble étendue là comme une femme assouvie, une bête enfin domptée. La table chromée semble plus large que tout à l'heure, moins froide, moins dure, moins métallique.

Elle regarde autour d'elle avec gratitude, les yeux d'une femme qui en est revenue et ne regrette pas d'y être allée. Fatiguée d'émotion, lasse comme un mur éboulé, elle tire sur elle sa chemise de nuit, retrouvant sa pudeur en même temps que ses esprits.

Fanny ouvre le robinet, casse le jet d'eau de ses mains, s'asperge le visage, pâle, sous le scintillement des néons. Cette femme l'a vidée de son énergie. Il y a un sourire au bout, un parfum de liberté, leur récompense, à elle et Guillaume. Il a une trentaine d'années, il est interne depuis six mois. Il vient la voir avant de rentrer dormir, parler un peu, lui avouer qu'il a eu peur cette nuit, à un moment surtout. Ils discutent un instant dans la lumière grise du petit matin, au café de la gare de Dourdan, où l'on a décidé d'aller s'asseoir cinq minutes, comme deux camarades revenus du feu.

Le lendemain, elle passe voir la mère et son petit dans leur chambre. La femme a l'enfant serré contre le sein, repu, sa petite tête renversée de bien-être, la préhistoire d'un sourire sur les lèvres. Les souvenirs de la veille reviennent brutalement à l'esprit de Fanny, jurent avec la tendresse de l'instant. Elle a comme des remords, ressent une gêne soudaine. La géante, l'enfant minuscule blotti dans l'espace confiné de ses bras, la regarde avec une sorte de bonté. Une femme avec laquelle elle s'est empoignée au bloc, qu'elle n'a pas ménagée, et qui a dans les yeux, après la bataille, de la reconnaissance.

La femme lui dit merci.

Fanny en frissonne.

Nathan, 8 janvier, sept heures quarante-trois.

Louis regarde bizarrement le dérisoire bout de plastique enroulé sur son doigt, pour lequel il a à présent une sorte d'admiration terrorisée.

— Tu me payeras la prochaine fois.

françois

L'homme a l'air strict. À cause de son physique à la Anthony Perkins, de sa maigreur, de ses cheveux gris sale, de son menton anguleux, de sa figure un peu écrasée – mais surtout parce qu'il est très concentré. Il démonte le panneau supérieur et la fourche de la sourdine avec une facilité déconcertante, en homme qui connaît le chemin, n'a pas besoin qu'on le lui indique.

Louis a dit de venir quand même, que c'était intéressant à voir. Elle vient, invitée pour autre chose que de la musique, ou presque. Elle épie l'intimité de l'instrument, les innombrables cordes d'acier sévère qui descendent et disparaissent dans les profondeurs du piano, vissées à plusieurs rangées de chevilles en quinconce. Le panneau dévoile un enfer de mécanismes précis et délicats qui se soulèvent, se cognent, se frôlent, se poussent, coulissent, basculent, rebondissent. Une ossature de bois, de feutre, de cuivre et d'acier autour d'un châssis de fonte : un puzzle de clous dérisoires, de vis minuscules, de ressorts délicats, d'écrous ridicules, de lacets fragiles – des rangs impeccables de pièces en bois toutes tatouées, numérotées, gravées, étiquetées.

il part du la, écrit Louis, tandis que l'homme coince un biseau caoutchouté entre deux cordes obliques de la quatrième octave.

Des pièces intelligentes patiemment serties, vissées, cousues et collées les unes aux autres. Une machine venue d'une autre époque, où cohabitent encore la caresse du feutre, la dureté métallique de l'acier et la chaleur du bois.

Il cogne la fourche de son diapason, en glisse la tête ronde dans le creux de l'oreille, fait sonner la touche et se penche, immobile, pour comparer les deux notes. Il recommence, en pinçant entre ses lèvres le bout arrondi du diapason. Il y a dans son regard une concentration intransigeante.

Il sort d'une sacoche en cuir une longue clef coudée munie d'un manche en bois. Le contour de ses ongles est sombre, d'un noir incrusté, indélébile, qui dit l'artisan, trahit mieux que les gestes vingt ans de métier manuel. Il enserre une cheville dans l'extrémité de l'outil, et, le coude appuyé sur le dessus du piano, pèse sur le manche avec l'avant-bras. La cheville se resserre doucement sous la contrainte. L'homme fait sonner la note à nouveau, ajuste plus précisément la tension de la corde en faisant levier. Satisfait, il déplace son coin biseauté et le pince dans l'intervalle des cordes suivantes. Lentement, il progresse pas à pas vers les aigus, d'octave en octave, étouffant de son triangle de caoutchouc noir une ou deux cordes à la fois, comparant toujours la note qu'il obtient à celle de son octave de référence. Il monte une à une les cordes au diapason, décline chaque note : fausse, il s'y attarde, y revient trois, quatre, cinq fois. Sans cesse il répète les mêmes gestes, fait sonner inlassablement la même touche avant de passer à la suivante, imposant au piano une musique stridente, lugubre, répétitive. Fanny écoute avec une sorte d'inquiétude, regarde avec commisération le piano qu'on malmène. Elle tend une main apaisante sur le bois blessé, puis l'autre, écoute. Elle entend, une à une, ces notes dépouillées, répétées à outrance, sans saveur, si froides quand elles ne sont pas mélangées.

Impassible, l'homme s'agrippe maintenant à l'instrument, fait corps avec lui. Il a les reins creusés, le torse bombé en avant, les mains nouées sur l'outil. Il écoute, ferme les yeux, ouvre légèrement la bouche. Il penche la tête tantôt à droite, tantôt à gauche, pour comparer, se déshabituer toujours. Son bras, parcouru de veines épaisses, enveloppe le manche vertical de la clef, qu'il serre et desserre avec un harcèlement d'horloger. La poignée glisse sous ses mains devenues moites. Les tendons de son cou saillissent comme d'affreuses cordes d'acier prisonnières de sa chair. Les muscles tendineux de ses bras roulent sous la peau. Il sue. Des larmes de sueur perlent à la naissance de son front, de ses tempes. Captivé, le corps tendu dans l'écoute, il ne les essuie pas, ne les remarque pas. Elles glissent maintenant, forment de part et d'autre de son visage deux minuscules rigoles qui se rejoignent sous le menton.

Le piano proteste, tremble quand l'homme déplace sèchement l'outil. Entre eux s'installe un rapport ambigu, un accord tacite, une douce violence de maréchal-ferrant que l'homme impose, que le piano accepte.

L'instrument se resserre peu à peu, se raffermit, rend des sons plus précis, moins lâches.

Louis, en retrait de Fanny, regarde l'homme avec un air soupçonneux, attentif au moindre de ses gestes, à chaque note qu'il produit, se permettant parfois une remarque que l'homme fait mine d'ignorer, sous le regard amusé du meuble ouvert.

Louis se penche, écrit dans le cahier, avec un faux dédain :

il est accordeur mais il ne sait pas jouer, pas mal non ?

Alors qu'il s'approche des aigus extrêmes, les chevilles deviennent moins accessibles : l'homme échange son biseau caoutchouté contre un coin en bois au manche filiforme qui lui permet de pincer les cordes plus en aval. Parvenu à l'extrémité du clavier, il dévisse la tête de la clef, la remplace par un embout plus lourd. Il s'assoit à l'autre limite de la banquette, choisit sans l'ombre d'une hésitation un biseau plus épais, s'affaire dans les graves où les cordes sont plus épaisses, moins nombreuses. Il souffre mieux encore. Sa bouche se tord, il a mal au dos, à la nuque. Les notes résonnent dans son crâne, froides, chirurgicales, l'épuisent.

Sur la table du salon, entre Louis et Fanny, un bracelet bleuté pourrait prêter à confusion – celui d'un petit François, 13 janvier, dix heures vingt-cinq. Mais l'homme est complètement indifférent à ce qui l'entoure, imperturbable, ignorant les regards que jette Fanny par-dessus son épaule.

Elle observe avec fascination le chemin sophistiqué de la note : la touche qui s'affaisse, déclenche un doigt de feutre, cogne doucement une minuscule enclume de bois, solidaire d'un marteau ovoïde qui s'abat, attaque la corde, retombe immédiatement pour lui laisser la liberté de vibrer, jusqu'à ce que le doigt lâche la touche, libère un mince étouffoir feutré qui vienne l'éteindre. Tous ces détours hypocrites pour un son instantané. Une trajectoire confidentielle qu'il vaut mieux ignorer sans doute, sous peine de paralyser son jeu, de se crisper à la pensée des conséquences en cascades que provoque la touche enfoncée.

Du doigt, Louis désigne une touche que l'homme enclenche et relève lentement en écoutant la note produite, comme pour isoler l'instant précis de son éclosion.

Il prend un air affecté, écrit patiemment :

tu vois, toute la question est là, quand tu joues une note, est-ce que tu pousses ou est-ce que tu tires la touche ?

Fanny cherche le piège, y renonce pour lui faire plaisir :

je la pousse, puisque j'appuie dessus

Il a un sourire vainqueur.

il faut la tirer !!! gribouille-t-il, ravi.

De poursuivre :

si tu pousses une touche, puis une autre, tu oublies la première, elle remonte toute seule, indifféremment... alors que si tu la tires doucement, tu peux tirer la suivante en même temps, et décider de la manière dont la note va se terminer, s'enchaîner aux autres

Et d'ajouter, superbe :

les grands pianistes ne poussent jamais les touches, ils les tirent

Leurs mains peuvent courir, glisser, voler, ralentir, s'appesantir, caresser, bousculer... mais pousser les touches, jamais.

— Ja-mais, tu m'entends, dis ?

Poliment, Fanny acquiesce du menton, regarde se débattre avec l'instrument l'homme qui, paraît-il, ne sait pas en jouer.

sylvie

La pluie tombe depuis la fin de la matinée, amenant des odeurs du jardin par l'entrebâillement de la fenêtre. Souriante, Fanny est arrivée les cheveux trempés, un parapluie contradictoire dans la main. Elle l'a laissé dégoutter dans l'entrée, le visage perlé, les joues rouges qui sentent le froid, la vie qui s'invite et lui plante un baiser sonore sur chaque joue. Elle n'est pas encore déshabillée que Louis lui demande de jouer doucement aujourd'hui. Précaution nécessaire après que l'instrument a été accordé. Il a les cheveux humides, lui aussi, sent le propre.

— Il faut que les touches prennent leur pli.

Il a gardé son assurance érudite mais a quand même pensé à ouvrir la porte de la salle de bains pour aérer. Dans l'obscurité de la pièce, Fanny dérobe au passage la panière à linge, qui est vide, le miroir, qui ne reflète plus, couvert de buée, les vêtements mous et humides, étendus au-dessus de la baignoire. Il frappe un interrupteur qui rend un claquement sec : le ronflement était celui de la ventilation, qui s'interrompt.

Elle reprend un morceau qu'elle a déjà beaucoup travaillé, pour le nettoyer encore. À son insu, elle emprunte à Anthony Perkins certains de ses gestes, penche légèrement la tête, pour mieux discerner les graves, prend la posture d'un corps devenu tympan. Elle constate qu'elle perçoit encore bien les basses, mais que les médiums commencent à lui parvenir étouffés comme les accents d'une voix chuchotée.

Il la regarde sans interruption, bercé par le va-et-vient léger de son torse à chaque accord plaqué sur le clavier, qu'elle prend soin de ménager. Il se demande si, chez elle, on sait qu'elle joue toute nue chez un homme célibataire, qu'elle préfère se saborder complètement qu'entendre à demi.

Il n'empêche qu'il est un peu contrarié. Aujourd'hui, elle récite avec plus de mémoire que de sensibilité.

C'est qu'elle préfère jouer une partition connue au rasoir, en profite pour regarder les touches se creuser sous ses doigts, se trouer et se reboucher instantanément, s'effacer à la vitesse des empreintes à marée basse, dans le sable spongieux. Elle se réapproprie la musique par ce paysage du clavier sous ses mains affairées. Ses doigts se souviennent et jouent dans sa mémoire les notes, les sons connus, archivés, souvenus, qui éclatent un à un.

Elle regarde parfois ses mains sur le clavier : ce ne sont pas vraiment les siennes.

Lui aussi connaît les phrases sur le bout des doigts, les corrige de mémoire. Il lui propose un autre morceau. Non, elle voudrait rejouer le même. Elle en demande l'autorisation.

— Ravel, il avait Alzheimer.

Elle coince rapidement un contour dans le sillon de son oreille, hoche la tête à son intention :

— Il avait Alzheimer, Ravel. Des psychiatres anglais disent qu'il répétait dix-huit fois son boléro parce qu'il avait peur d'oublier les notes.

Il branle doctement la tête.

— Ce n'est pas moi qui le dis, c'est les psychiatres anglais. Mais vas-y, tu as raison, recommence, on peut encore travailler celui-là.

Il sourit.

Énervant.

Il a besoin qu'on l'écoute, ces derniers temps. Avec elle, il est servi.

Elle coupe le son et reprend.

Cette fois, elle parvient à y mettre plus d'intentions.

Il y a du plaisir dans ce mouvement exagéré, qu'elle joue avec un sourire muet, de la violence enfermée dans ces notes bien découplées, qui tombent en grêle, saignent le silence de la pièce ; de l'humour dans cette mélodie bien nourrie, guillerette, qui caracole. Il tend une main pour rectifier une note, se fait rabrouer d'une petite tape sur le dos de la main – elle le gronde gentiment comme une cuisinière à ses fourneaux qui ne veut pas qu'on trempe un doigt dans sa préparation. Elle ne lui en veut pas, il n'y a plus de « *Fa* ! *Fa* ! *Fa* ! » qui tienne, elle ne pleurera plus. Elle a une moue délicieuse, alors il s'empare du carnet, écrit un mot.

méchante

En dessous, elle rétorque.

pas touche

Et repart.

Il lit, sourit, regarde ces phrases alternées d'écritures masculine et féminine, cette calligraphie brouillonne de livre d'or, incompréhensible à tout autre qu'eux.

Il reprend le carnet et le glisse sous ses yeux, pour qu'elle puisse lire sans s'interrompre de jouer.

moderato grazioso !!!

Une réclamation en italien, dans le feu de l'action, dans cette langue qui va bien à la musique comme aux sentiments. *Pianissimo, adagio, prestissimo, mezzo voce, allegretto, forte, andantino, diminuendo, fortissimo,* des mots pour faire l'amour.

Il appose une traduction hâtive à côté du mot, brise le charme.

va bene

Elle se sent honteuse d'y mettre une intention de jeu qu'elle ne ressent pas, gênée de faire semblant, d'exagérer des sentiments, de simuler ceux qu'elle n'a pas, de figer les mêmes émotions décidées trois siècles auparavant, de les reproduire à l'identique, manufacturées. *Moderato. Larghetto. Andantino. Prestissimo. Ma non troppo.* Elle sait, pourtant, le sous texte, les sous-entendus.

il faut les jouer aussi

je te rappelle que je suis sourdingue

je ne veux pas le savoir

Elle recommence, heureuse.

Il regarde en biais, fixe encore ses oreilles vides, jette un œil à travers la grille cadenassée, façade aveugle, volets fermés, boîte aux lettres étouffée de prospectus, l'allée jonchée de feuilles, la morte saison. À vendre.

Il claque la langue dans sa bouche. Trois fausses notes. Il s'en veut surtout de les laisser filer, il est trop bon. Voilà qu'elle ferme les yeux maintenant. Faudrait peut-être pas exagérer, elle se prend pour Helen Keller ou bien ?

Fanny fait mine d'ouvrir le fermoir de son sac à main pour en sortir son long chéquier flasque. Louis est mal à l'aise, fait une horrible grimace :

— Non, non.

Elle sourit, étonnée, soudain gênée elle aussi. Elle lit dans son regard qu'il n'acceptera pas, qu'il ne voudra jamais de son sale chèque, même couvert de dettes, qu'il faudra insister longtemps, que ce sera fatigant pour tout le monde, qu'il ne le prendra pas.

Elle referme son sac, sans rien dire.

Puis elle se souvient, l'ouvre à nouveau, fouille tout au fond, dans son bazar, et sort, pincé entre deux doigts, le bracelet rose.

Elle le lui donne, contente de n'être pas venue les mains vides, d'avoir pensé à cette monnaie de singe qu'il accepte plus facilement.

Il dit, surpris :

— Ah !

Il a sur les lèvres un drôle de sourire, un peu triste.

Il se lève lentement, la reconduit à la porte, la regarde s'habiller.

Il ramasse l'écharpe qu'elle a fait tomber.

Elle le dévisage furtivement, un rien inquiète.

Elle trouve qu'il a dans les yeux un peu de vague à l'âme.

rose

Louis fouille dans ses affaires et lui tend le livret d'une partition.

Giacomo Puccini.

Il la lui prête. Il voudrait qu'elle travaille chez elle ce morceau qu'elle ne connaît pas, qu'elle n'a jamais entendu de sa vie.

De la musique pour les yeux.

— Essaye.

Il a pour elle quelque chose comme du respect.

Elle lui offre – gratis – le joyeux spectacle de l'humain en prise avec l'adversité, qui se débat, de la bonne vieille lutte pittoresque avec le malheur. Elle joue du piano comme on se hisse au faîte d'un mur très haut, souffre avec une sorte d'acharnement héroïque. Et ces notes de musique sont destinées à lui seul, confidentielles, il le sait – s'il ne les entendait pas à sa place, qui le ferait pour elle ? Il leur donne sens. Prête oreille. Et, comble du respect, ne s'apitoie pas. Se plaît à la corriger. À critiquer son rythme, l'absence d'émotion quand elle se contente de se plier à l'ordre chronologique des notes, écueil dans lequel l'attire l'apparence rectiligne du clavier et de la portée. Il écrit :

c'est une aberration que le clavier soit droit et raide... il est inconcevable que les facteurs de pianos n'aient jamais pensé à l'incurver autour du pianiste

Quelque chose en elle hésite à lui donner le bracelet. Elle sait qu'il ne réclamera pas si elle oublie.

Au moment de partir, elle ouvre son sac, le lui donne.

Il dit merci. Sincère. Lit la petite fenêtre transparente, l'état civil de la petite fille.

La prochaine fois, elle le lui donnera en arrivant plutôt qu'à la fin, ce sera moins gênant, puisqu'elle ne lui donne plus d'argent. Ce sera moins gênant.

warda

Fanny lui confie le bracelet d'un air solennel qui semble dire : cette petite-là, attention, c'est quelque chose.

Elle était en remplacement à Paris cette semaine. Elle sait à cet instant qu'elle va lui raconter les premières heures de Warda. Elle le voit qui se prépare déjà à écouter, et, soudain, elle se met à douter : est-ce qu'elle doit ? Sa tristesse l'autre jour. Peut-être que, en racontant, elle le ramène malgré lui à la naissance de Laura, et à ce jour où on a enterré Adrien. Ce jour où on a enterré son frère, dont il ne parle jamais. Il n'a jamais souffert comme ça, elle le sait, elle le devine maintenant. Il ne s'en remettra pas, ni aujourd'hui ni demain. Vieillard, il pleurera encore en pensant à lui, en l'évoquant simplement dans une phrase, comme pleurent parfois les vieilles personnes. Elle sent qu'il y a une plaie béante, juste là, et qu'elle a failli passer à côté. On a tort de penser que les gens sont forts. Il vient peut-être de là, le vague à l'âme de l'autre fois. Ou alors c'est autre chose, elle ne sait pas. Trop tard. Elle frappe deux coups et entre dans la chambre sans attendre la réponse. Elle comprend d'emblée ce qui se passe, à la chaleur de la pièce, à l'odeur aigre de la sueur. Le lit est vide, le matelas nu, les couvertures repoussées. Elle le contourne, la mère est assise par terre, sur un drap qu'elle a étendu sur le linoléum de la chambre. Elle lâche un « Ça alors ! » d'admiration et de colère, avant de se reprendre aussitôt. Pas d'affolement. Entre ses jambes écartées, une petite fille, posée sur le ventre, grasse et chiffonnée. La mère a les yeux brillants, le visage arrondi de plaisir : son ventre vide est encore uni à l'enfant par le cordon.

On lui avait demandé de sonner dès qu'elle sentirait des contractions plus violentes : elle n'en a rien fait, a préféré s'accroupir, une main agrippée au montant du lit, l'autre à l'entablement de la fenêtre. Elle a poussé de son mieux à dix, vingt, trente reprises. Elle a senti des douleurs abominables, ses organes se comprimer. Mais son corps savait. La petite a glissé, s'est déposée en douceur entre ses talons. Elle lui a caressé le dos, doucement, n'osant pas la prendre tout de suite dans ses bras. La petite n'a pas pleuré, juste un cri quand elle a inspiré pour la première fois. Elle a glissé une main entre ses petites cuisses : une fille.

Fanny est entrée après la bataille, l'air démuni, décontenancée devant cette petite qui n'a pas eu besoin d'elle pour naître, qu'elle n'ose pas encore toucher, comme si cet enfant-là n'était pas vraiment de son ressort.

La mère sourit à Fanny – et ce sourire, plus encore que le reste, la conforte dans le sentiment de son inutilité. Cette femme n'a eu besoin de personne. La petite est posée en boule entre ses jambes, paisible. Elle ouvre les yeux à demi, bat des paupières, ne se plaint pas.

Pour donner le change, Fanny cherche quelque chose à faire, à dire. Ne trouve rien de mieux que de replier un coin du drap pour essuyer les mucosités blanches dont la petite est confite. La mère la prend alors dans ses bras, la serre contre sa peau brune, son corps tiède et puissant, en lui jetant des regards d'amour, la met au sein, avec une fierté sauvage, l'autorité d'une mère chatte. D'une légère pression, d'un appel de ses gencives dénudées, la petite fille se met doucement à téter. Dans le silence abasourdi de leur rencontre, le calme désordonné de la pièce, il y a maintenant un bruit rassurant de succion mouillée.

Une aide-soignante décontenancée apporte une bassine dans la chambre pour laver l'enfant. Fanny coupe le cordon et, sans avoir besoin de le lui demander, la femme se met spontanément à pousser, sentant gronder en elle les derniers spasmes de l'enfantement. Le placenta s'évacue, gras et flasque. Fanny le soulève un peu, une main écartée dans sa membrane transparente, cherche la lumière. Elle observe sa consistance, sa couleur, veille à son intégrité avec toute l'intransigeance d'un maître de chai qui lèverait à contre-jour un verre de vin pour en évaluer la robe et l'épaisseur. Elle y met d'autant plus de soin qu'il faut donner un reste de sens à sa présence dans cette chambre d'hôpital. Elle dépose finalement le placenta encore tiède sur le drap. Et elle voit la femme faire ce qu'elle n'a encore jamais vu, tendre son bras et en caresser doucement l'arrondi : c'est chaud et doux sous sa main, un peu poisseux. Elle n'en ressent aucune gêne, caresse l'organe nourricier comme s'il s'agissait encore du dos de sa fille.

Elle finit par grimper tant bien que mal sur le lit et s'allonge, épuisée. Au sol, le drap se révèle dans son étendue blanche, rouge et noire, un champ de bataille humide, maculé de taches cuivrées, enflé par les reliefs sombres des selles.

Fanny ouvre la fenêtre. Les cris aigus d'enfants envahissent la pièce. Des pousse-cailloux sont en plein match dans le square d'en face, leurs éclats de voix stridents ne sont plus stoppés par le double vitrage : des appels de balles, des reproches gueulés à tue-tête, des cris de joie qui aujourd'hui paraissent dans l'ordre des choses.

Ici on accouche, là-bas on joue au football.

Ici une petite fille chevelue, là-bas un coup franc.

cyril

À son tour, Louis disparaît derrière le piano. Fanny ressent un trouble, quelque chose comme du trac. Il doit être en train de toucher la table d'harmonie, comme elle la première fois.

Il ne réapparaît pas. Elle essaie de se détendre, s'efforçant de jouer de son mieux.

Il n'émerge toujours pas.

Elle n'y tient plus, se lève et dit :

— À toi.

Elle ne s'entend pas le dire, mais effectivement il se lève et passe au clavier. Il ne fait pas de commentaire, sans que ce soit de l'indifférence, s'assoit comme si c'était normal, son tour. Délicat, il glisse sous ses fesses un coussin emprunté au canapé, alors qu'elle s'y laisse tomber et le regarde jouer, une main distraite plantée dans les cheveux.

Elle le contemple, attentive, dans son silence.

Il porte une large salopette en jean noir qui lui donne des allures d'ouvrier fordien, pas la salopette indigo qu'il avait sur lui à la maternité, une autre. Elle ne serait pas plus étonnée que ça de voir dépasser une clef de douze de sa poche ventrale – quoique ses mains sur le clavier aient une grâce un peu féminine, qui contraste avec la virilité lâche de ses bretelles. Ses doigts échauffés, souples, se déplacent sans effort. Il a croisé les genoux, assis de travers, en dilettante, un bout de pied fainéant sur la pédale.

Elle ne va pas se contenter de le regarder. Pas cette fois. Revancharde, elle porte une main à sa poche, sort l'un de ses appareils, lentement, comme pour ne pas être prise en faute, et l'amène dans l'oreille droite.

Elle l'écoute : il le lit dans son regard, ses yeux brillants.

Il s'arrête, veut se fâcher mais y renonce aussitôt, ce serait ridicule.

— Je travaille là-dessus, c'est un début, c'est pas bon… faut pas m'écouter.

Elle éclate de rire. Il rougit. Il est gêné. La préfère sourde.

Depuis combien de temps l'écoute-t-elle ?

Elle sourit.

Elle a le pouvoir, ça l'amuse.

Finalement, voyant qu'il attend, elle consent, retire son appareil, d'un geste très lent et provocateur, en le regardant droit dans les yeux, l'air mutin, le sourire aux lèvres.

« La sa-lo-pe », pense-t-il, en souriant à son tour.

Elle le nargue avec un regard gitan, sensuel, pousse-au-crime. Et brusquement, il la désire, voudrait lui passer son sourire d'un coup de trique, là, en levrette sur le piano, le cul en l'air, bien cambré, la jupe rabattue, faire crier la sourde.

iris

Cet homme-là a un secret.

Elle le sait, le sent, le tait.

Il n'y a pas que son allure de Britannique, il y a sa tristesse, certains jours.

Comme un chagrin en intérim, un silence qui pleure, quelque chose de veuf.

enzo

Le plus troublant, après ça, c'est de retourner en salle de travail, près d'une femme horizontale, les jambes prisonnières.

Elle ne voulait pas mais c'est lui qui a réclamé, qui demande le bracelet comme le plat du jour, qui veut savoir, pour Enzo.

Une femme reliée au bloc par les tentacules qu'il a déployés sur elle, monitoring, perfusion, tensiomètre. Un cathéter dans le dos, un dans chaque bras, deux ventouses sur le ventre.

L'infirmière ne lui a pas dit bonjour. Elle a une blouse blanche, propre, des gestes rapides et précis.

Devant tout le monde, elle lui rase le pubis, qui devient clair comme le crâne d'un forçat, aussi lisse qu'une nuque.

Une autre personne qu'elle ne connaît pas fouille son utérus, introduit ses doigts boudinés dans le judas de son col. La sage-femme rend son verdict : tant de centimètres.

A-t-elle le droit de crier ? Elle n'en sait rien. L'infirmière ne prononce pas un mot plus haut que l'autre. Elle dérangerait. Mieux vaut attendre qu'on lui propose.

La sage-femme perce la poche des eaux en introduisant dans son ventre une pince métallique.

On accouche comme on enterre : de plus en plus vite.

Voilà qu'on lui demande de souffler, de faire le petit chien, de pousser comme pour faire caca.

Épisiotomie.

Incision latérale des muscles du périnée dans la partie inférieure de la vulve.

Elle se sent expédiée dans les brumes de l'analgésique.

Forceps.

Instrument en forme de pinces à branches séparables.

Elle est dépossédée, ne sait plus si elle met au monde un enfant.

Pourtant, sous la lumière artificielle et sans ombre qui sourd des scialytiques – branchés à un groupe électrogène indépendant en cas de panne de courant –, dans ce paysage vert de salle de bains, dans l'odeur nauséeuse des désinfectants, le sien apparaît.

Il y a beaucoup de monde qu'il ne connaît pas, beaucoup de bruits ignorés.

Il dégouline, comme fraîchement pêché d'un bocal d'anatomie.

Il n'est pas le petit Enzo tant attendu. Mais un enfant de trois kilos huit cent quarante grammes qui mesure quarante-huit centimètres.

On lui ouvre la bouche : pas de fissure palatine.

On le retourne : pas d'imperforation anale.

On lui enfonce une sonde gastrique par le nez : pas d'atrésie œsophagienne.

On lui attribue un score.

On lui met un bracelet.

On l'inscrit dans le registre de la maternité – elle tourne à deux mille bébés l'an, une belle et grande ventrée dont il fait partie cette année.

Et si le grand Zampano est dans les parages après l'accouchement – un jeune obstétricien sportif, bronzé, efficace, performant, qui n'accouche qu'aux heures ouvrables, prévoit deux mois à l'avance de déclencher Mme Duchemin, la veille de son départ aux Arcs 2000 –, s'il est dans le coin, le grand Zampano, qu'il daigne recoudre l'anneau vulvaire, il fera trois points de suture bien propres avec du fil résorbable, un pas en arrière, regardera son travail d'un air satisfait, et se demandera peut-être s'il faut en mettre un quatrième, comme on le pratiquait autrefois pour resserrer le vagin, faire plaisir aux maris.

Le père, qui n'a rien demandé, ajoute une grimace devant le placenta.

Fanny, qui est passée voir une collègue, se demande avec force ce qu'elle fait là.

— Faites pas cette tête, rétorque-t-elle, c'est plein d'hormones, c'est bon pour les rides. Y a vingt ans, un placenta frais, ça valait cinquante francs au marché noir. On l'embarquait dans le sac à main, dans une poche plastique, on le revendait aux entreprises de cosméto.

L'œil du papa s'allume, regarde en clignant des yeux le morceau de viande hachée, de ce regard imbécile posé sur toute chose à la valeur financière nouvellement révélée.

Fanny retourne voir Warda et sa mère.

La chambre silencieuse sent le bébé. Elles se sont

assoupies toutes les deux, collées l'une à l'autre. La petite est blottie dans une grenouillère couleur nuage. Elle dort du sommeil des nourrissons, profond, définitif.

Assoupie sur le côté, sa mère a les genoux légèrement remontés à la poitrine.

Calme, comme une femme qui se referme.

violette

Il n'a jamais un sourire de circonstance, est aussi exigeant qu'elle est tarée. Il lui reproche encore :

— Tu n'as pas assez travaillé chez toi.

Elle l'aime bien quand il lui dit ça, vraiment bien.

élodie

Les grandes sages-femmes ne tirent pas l'enfant. Leurs mains peuvent courir, glisser, voler, ralentir, s'appesantir, caresser, bousculer… mais tirer l'enfant, jamais.

— Du moins quand tout se passe bien, concède Fanny, avec une pointe d'ironie.

Elle lui met entre les mains le bracelet rose.

— Mais c'est d'abord une question de tempérament, poursuit-elle.

Il y a les adeptes de la chasse et celles de la cueillette. Les premières aimant que les choses aillent vite et bien. Détestant attendre. Préférant secrètement, pour leur confort, que les femmes se fassent discrètes, silencieuses – ayant vite assimilé combien il était plus facile d'accoucher un ventre qu'une mère. Ne répugnant pas à provoquer l'accouchement à coups d'ocytocines, comme on enfumerait la bête que l'on veut débusquer, à arracher l'enfant du néant avec des cuillères en ferraille, à embusquer des mains de caoutchouc à la sortie, à le capturer comme un petit gibier, avant de le brandir en trophée devant les parents ébahis. Les secondes touchant à peine l'enfant. Glissant tout au plus un doigt pour examiner le col. Répugnant à déclencher un accouchement. Estimant que le fœtus attend son heure, que la pomme est mûre quand elle alourdit la branche. Qu'il ne faut surtout pas l'arracher, risquer de rompre l'extrémité fragile qui la retient. Mais empaumer le fruit, le tourner doucement, l'inviter dans le creux de sa main. Imprimer à la tête une volte délicate qui permette de passer les épaules de profil. La queue se torsade, se rompt d'elle-même. Attendre que le cordon se dessèche avant de le déchirer. Le fruit s'est rendu quand il pèse dans la main. On ne l'a pas arraché, ni tiré à soi. On s'est contenté de le cueillir, avec la complicité active de la branche que l'on se proposait de soulager. Et voilà l'enfant qui sort doucement de sa bogue, comme d'un ventre dénoyauté. On le fait sortir lentement de sa mère, avec cette assurance tranquille des sœurs et des paysannes, la débrouillardise des filles de ferme que la vue du sang n'effraie pas, mêlée à la sérénité douce des femmes voilées, habituées au coudoiement des mystères sacrés de l'existence.

gladys

Il la laisse seule un instant, elle s'approche de la bibliothèque. Elle jette un regard à Laura, puis à cette femme brune dont elle ne sait rien, sinon qu'elle est plutôt belle. Elle pianote sur le meuble, se plonge immanquablement dans une lecture verticale, tête penchée. Il y a ce grand livre sur la Pologne. Ce *National Geographic* sur les pôles, les images de vagues blanches pétrifiées. Ces bandes dessinées de Manara. Il y a ce grand livre sur le Louvre, qu'on lui a sûrement offert, recouvert d'une jaquette malcommode en papier glacé, munie de rabats dont on ne sait jamais que faire. En s'ouvrant, il rend le son léger et craquant de celui qui n'a pas été ouvert une deuxième fois. Les pages se tournent d'elles-mêmes, conduisent doucement à une reproduction de la Joconde, comme si le plan du musée avait infiltré le sommaire et fléchait un itinéraire de lecture obligatoire. Comme elle sent le regard de Louis, qui s'est approché dans son dos, elle lui présente le tableau :

— Elle est enceinte, tu sais. Regarde son sourire

pendant les séances. Regarde ses doigts gonflés. Regarde sa main sur son ventre. Elle est habitée, cette femme-là. Elles sont toutes comme ça, elles rayonnent de l'intérieur.

Elle baisse la voix :

— Tu ne peux pas te promener au supermarché sans avoir l'impression que tout le monde te regarde. C'est le seul moment de la vie où tu n'es plus seule. Un homme ne peut pas comprendre ça.

Elle ajoute, en souriant :

— Même un homme comme toi.

Il lève brusquement les yeux sur elle. Des yeux qui disent : si.

Elle pensait lui faire un compliment.

Même un homme comme toi.

Elle n'insiste pas.

victor

Elle a retrouvé Victor, qu'elle avait gardé dans ses affaires quelques années, ne pouvant se résigner à le jeter, et le lui apporte, satisfaite de ne l'avoir pas fait.

Elle tombe enceinte pendant le mois d'août, cache son ventre à ses parents.

Jusqu'à ce que le doute ne soit plus permis.

Elle ne sait pas s'ils la mettent à la porte, ou bien si c'est elle qui la claque, mais il y a un bruit de porte. Une jeune fille de quinze ans et demi. Qui termine sa grossesse seule, en foyer, entre mères célibataires.

Le jour fatidique, elle accouche de tout à la fois, de son bébé, de sa colère, de sa rancune. Elle refuse la péridurale – on est sur terre pour en chier, allons-y.

Et c'est ce qui arrive effectivement.

Fanny la met sous perfusion, elle l'arrache.

La douleur devient insupportable, elle veut tout envoyer balader.

Hystérique, convulsée, démissionne, refuse de se laisser traverser.

Fanny entend une voix meurtrie, des mots sincères, qu'elle n'aurait jamais aimé entendre :

— Je n'en veux plus, débarrassez-moi de ça.

Elle a entendu, l'enfant peut-être.

Il faut aller vite, appuyer catégoriquement sur le haut du ventre avec son avant-bras pour aider le petit à sortir : la jeune fille la mord jusqu'au sang. Elle hurle, se libère. L'empreinte de ses dents dessine un demi-cercle violacé dans la chair de son bras. Ça suffit ! Elle arrache ses gants. D'une voix blanche, lance à la gamine :

— Bon, puisque c'est ça, démerde-toi.

Impressionne-la. C'est une enfant.

— Moi, je reviens du Mexique, j'étais en vacances il y a encore une semaine, je ne suis pas revenue pour me faire mordre.

La gamine plante son regard dans le sien.

Sous ses yeux, Fanny jette ses gants par terre, se dirige vers la porte, se retourne. La jeune fille la regarde, un peu étonnée, les jambes en l'air, coincées.

— Là-bas, les femmes accouchent toutes seules, dans la cuisine, avec un torchon. Tu veux ? Tu veux accoucher à la mexicaine ?

L'adolescente, muette, commence à douter, semble se demander jusqu'où elle est prête à aller.

Elle est prise au dépourvu, parce que Fanny parle d'une voix posée, propose sincèrement, à peine cynique, un voyage au Mexique.

La jeune fille se demande un court instant qui est la plus folle des deux.

Elle se ressaisit, refuse de perdre la face :

— Chiche.

Une tête à claques, que les hormones ont rendue nubile, une enfant trop vite grandie.

Elle hoche la tête, part à l'entretien, revient avec un simple torchon blanc, rayé de rouge sur les côtés. Elle tord l'épais tissu pour le solidifier, sous les yeux intrigués de l'adolescente. Elle le lui tend, lui demande de l'empoigner fermement à chaque extrémité. Elle le coince entre ses seins et le haut de son ventre, puis lui montre comment appuyer pour guider l'enfant vers la sortie. Enfin, comme si ce n'était maintenant plus qu'une formalité, sort de la pièce :

— Appelle-moi si tu as un problème.

Livrée à elle-même, l'autre ne sait plus quoi faire, quoi penser. Elle commence à pousser, tente d'aplatir son ventre avec le torchon roulé, s'applique, puisqu'elle est seule. La serpillière glisse, s'arrondit au sommet de son ventre, revient à l'horizontale, repart.

Fanny entend des geignements entrecoupés d'éclats de voix qui ressemblent à des rires, entre dans la pièce, regarde la jeune femme et ne peut s'empêcher de rire à son tour.

La jeune fille lui dit bien vite, alors qu'elle ramène le torchon :

— Je ne pensais pas que j'allais me marrer le jour de mon accouchement.

Fanny sourit, reprend sa place, retourne au Mexique.

— Pourquoi tu veux garder tous ces bracelets ?

Elle revient là-dessus. Elle a fait l'effort de retrouver le petit Victor dans ses affaires, de lui faire rencontrer sa mère : cette bonne volonté ne mérite-t-elle pas d'être récompensée ?

— Je te l'ai dit.

Il se cache.

— Bah oui, c'est pas plus bête que de collectionner des sous-bocks ou je sais pas quoi.

Il ajoute :

— Et puis comme ça, tu me racontes.

Voilà.

— Si c'est compliqué pour toi, surtout dis-le-moi, je ne voudrais pas que ça t'embête.

— Non, non…

Elle hausse les épaules.

— On les jette de toute façon, alors tu vois, c'est vraiment pas un problème.

hortense

— En clef de *fa*, tu as les notes graves, et en clef de *sol*, les aiguës. Essaye de jouer à la polonaise, une main droite très libre et une main gauche imperturbable.

romain

Il lui demande de jouer *E lucevan le stelle,* la *Tosca* de Puccini, qu'il lui a prêtée, qu'elle devait apporter aujourd'hui. Elle a déjà soulevé l'abattant quand il change d'avis, lui dit de venir dans la cuisine, de garder ses appareils.

Il la fait asseoir devant la table, balaie quelques miettes, qu'il rassemble dans le creux de sa main, jette dans l'évier, et disparaît.

Il attend du monde : près du vaisselier, une bourriche d'huîtres et de gros citrons trop jaunes et ventrus pour être honnêtes. Il doit bien y avoir une ou deux bouteilles d'entre-deux-mers serrées dans la porte du réfrigérateur.

Il revient avec un rectangle de papier plié en accordéon à la manière d'une carte routière. Qu'il reçoive des gens chez lui, elle en est comme rassurée, ne sait pas pourquoi. Et déçue, aussi, de ces amis, de ces fruits de mer, de ces conversations dont elle ne sera pas. Elle rit :

— Tu reçois du grand monde, ce soir ?

Il ignore la question, déplie la feuille et l'étend

sur le bord de la table : un long rectangle blanc hachuré de touches, la reproduction parfaite d'un clavier à l'échelle un. Quatre morceaux de scotch arrachés à un escargot l'assujettissent à la table.

Elle le regarde, stupide.

Ses yeux disent : si je joue sur cette table de cuisine, tu ne vas rien entendre.

Il sent sa résistance.

Ses yeux répondent : c'est moi qui décide, je le veux, allons-y, avanti populo !

Elle le devine prêt à insulter l'intelligence, déterminé comme jamais à faire chanter cette table en bois, à lui faire rendre des sons en dépit du bon sens. Et c'est à elle, Fanny, de se plier à sa lubie, à faire accoucher de musique cette planche à pain.

Oui, mais va-t-elle réussir à placer ses doigts ? Le clavier est tellement plat, tellement immobile ! Comment saura-t-elle si elle fait une faute ?

— Je vais l'entendre, ne t'inquiète pas.

Oh que si ! Elle s'est entraînée à jouer chez elle, sur son piano, sans ses contours : elle n'entendait pas les notes, mais du moins sentait-elle s'enfoncer les touches sous ses doigts, avait-elle l'impression ou non d'avoir respecté le rythme supposé du morceau.

Elle ouvre la partition et la pose à plat devant elle, place ses doigts sur le papier, se sent les mains imbéciles.

Un regard à la partition.

Elle plaque un premier accord.

Instinctivement, elle appuie légèrement sur l'extrémité de ses phalanges pour simuler les touches qui s'enfoncent, les détend avant de plaquer l'accord suivant.

Il y a maintenant un silence bizarre dans la cuisine, un silence plein – celui d'un ventre plat et pourtant gravide.

Elle joue des notes nettoyées à sec, dépouillées de tout, de la nécessité même d'être entendues.

Mais elle sent malgré tout ses mains prendre confiance, se déplacer avec logique sur la feuille.

Louis l'arrête d'une pression sur le bras. Elle se tourne :

— Tu as fait une faute. C'est un *mi*.

Elle constate que l'annulaire de sa main droite est décalé d'une touche. Elle a fait une faute, une erreur de doigté, elle se fait reprendre.

Il s'absente et revient avec un métronome. Il pose l'objet pyramidal au coin de la table, règle l'onglet du balancier, qu'il bascule d'une chiquenaude. Les battements cadencés de l'instrument se mettent à résonner dans la pièce. Un tic-tac ponctuel se répercute contre les murs, d'une intransigeance qui fait froid dans le dos.

Elle se remet à pianoter sur le papier, en essayant d'y croire, en se calant sur le va-et-vient infaillible du métronome. Petit à petit, essaie d'y mettre du cœur, en se raccrochant à ce pouls discret, ces intimes pulsations de la portée, que le balancier permet d'entendre. Les battements du métronome ont quelque chose de rassurant, lui assurent d'être encore en prise avec le réel, garantissent au moins un rythme d'exécution fidèle. Elle est sourde, joue du piano sur un bout de papier, à table, dans la cuisine, mais c'est encore de la musique.

Un triangle de soleil tombe sur le carrelage.

La cuisine est silencieuse, la bourriche d'huîtres n'est pas pour elle, les citrons non plus, mais il a pensé à cet exercice pour son élève sourde.

À côté d'elle, Louis hoche la tête, rouage vivant d'une machine infernale dont le métronome assure le compte à rebours.

Elle recommence à trois reprises. Elle a la certitude qu'elle a mieux joué le morceau à la troisième. Louis aussi en est convaincu. Troublante satisfaction pour l'un comme pour l'autre, qui ont vu les notes sans les entendre.

— Tu sais, ce pianiste argentin…

Dont il ne se souvient plus du nom exact – Miguel quelque chose – prisonnier politique en Uruguay, auquel des mécènes français avaient réussi à faire parvenir un piano, afin qu'il puisse continuer de jouer pendant sa détention. L'instrument lui était parvenu, mais soigneusement éventré, les reins cassés, les touches mutilées. Pendant des années, le virtuose s'était acharné à jouer sur un clavier mort. Qu'entendait-il de son jeu ? Rien. Ces morceaux sublimes, exécutés par l'un des pianistes les plus extraordinaires de sa génération, personne n'avait pu les entendre, pas même leur interprète. Et pourtant, ces notes produites sur un clavier muet avaient « existé ». Aucun témoin auditif ne pouvait en témoigner, aucun témoin oculaire n'eût osé l'affirmer…

Mais il en est profondément persuadé, qu'on peut le dire, elles ont existé.

— Miguel quelque chose, je chercherai et je te dirai.

La nuit est tombée sans préavis, elle doit y aller. Elle lui tend Romain, qu'elle allait oublier, dix heures pétantes, 13 avril. Il retourne dans le séjour et revient avec tous les bracelets dans la main, une pleine grappe de vies humaines.

— Y a du monde, dit-il, satisfait.

Elle a déjà un bras enfilé dans son imperméable, on frappe à la porte.

Deux petits coups brefs qui avertissent plus qu'ils n'interrogent, car la porte s'ouvre avant que Louis soit allé ouvrir.

— Ah ! fait-il.

Le cœur de Fanny se met à battre, s'attend à tout, et à cette femme brune dont elle ne sait rien, sur l'étagère, qui peut surgir devant elle.

Mais non : une femme blonde, rieuse, qui porte une robe à bretelles, sous lesquelles on voit celles, en plastique transparent, de son soutien-gorge.

— Je te présente ma belle-sœur, s'amuse Louis.

Aurélie embrasse Fanny avec chaleur, en lui pressant une épaule.

On se demande comment ça va, si tout va bien, est-ce que ça va ? On a tant à se dire qu'on n'y parvient pas.

Aurélie, le ventre plat, belle, radieuse, qui enveloppe Louis d'un regard clair, qui rit quand il parle. Aurélie, parfumée, maquillée, sans Laura. Aurélie, blonde, un peu grasse, comme aiment les hommes. Elle a pris du poids, elle qui était si maigre quand elle portait sa fille.

Pourquoi ne lui a-t-il pas dit aussitôt qu'elle venait ce soir ? Espérait-il qu'elle parte avant son arrivée, ou lui en faire la surprise ?

Louis se tient tout près d'Aurélie, collé, radieux, chaleureux comme il ne l'est jamais. Il a posé une main dans son dos, Fanny le devine à l'angle que prend son coude. Sans se l'expliquer, elle est prise d'une inquiétude devant ces deux-là, côte à côte. Lui, brun et sec. Elle, blonde et grasse. Elle est intimidée devant cet homme et cette femme, ce couple très beau. Elle les trouve même assortis, un peu trop racés, peut-être. D'un coup, il lui semble qu'ils n'ont pas l'air honnêtes, que les marennes d'Oléron n'ont rien à faire dans cette cuisine, que cette situation est fausse, qu'elle ne devrait pas exister. Ou alors elle ne vient pas seule, d'autres amis sont attendus chez Louis ce soir, oui, c'est cela, il y aura d'autres personnes à table. Mais qu'ils sont près ! Qu'ils sont beaux ! Qu'ils vont bien ensemble ! D'un geste qui n'est pas d'elle, elle pose une main sur le ventre plat d'Aurélie.

— Comment va Laura ?

Elle a ce geste déplacé, autoritaire, intrusif, qu'elle regrette aussitôt. Le sourire d'Aurélie se ferme un peu devant cette main de Fanny déjà retirée, qui la ramène à l'enfant.

— Tu l'allaites toujours ?

Il faut répondre, et Aurélie le fait sans rechigner, lui doit une réponse, à cette femme qui l'a cueillie dans un moment terrible de son existence, ne peut pas lui reprocher de s'intéresser. Mais voilà, Laura n'est pas là, elle a sa soirée, pour une fois, et elle voudrait redevenir celle d'avant, un soir seulement, se rassurer, voir d'autres gens, elle peut encore plaire, n'est-ce pas, même les seins pleins de lait ?

Fanny poursuit, professionnelle, exhaustive :

— Elle tète bien, tu n'as pas de crevasses, ça va ?

Elle voudrait égratigner cette belle blonde qu'elle ne s'y prendrait pas autrement.

Aurélie a perdu un peu de la gaieté qu'elle avait en entrant, baisse doucement les yeux.

Fanny elle-même ne se reconnaît pas. Elle ne voit plus Louis, fuit son regard, se consacre uniquement à la femme qui vient d'entrer, la tyrannise de questions doucement maternelles, lui rappelle insidieusement sa douleur, encore fraîche, et la cuisson de ses blessures.

Elle se souvient qu'elle n'est pas de la partie. La mauvaise fée, oubliée. Elle est prise d'une impatience, retrouve son esprit railleur. Elle les quitte en leur faisant la bise à chacun – ravie, vraiment, de s'être revues – s'en va avec une joie trop grosse, où perce une angoisse.

Dans l'allée trempée de rosée, elle a le visage qui brûle.

Elle avance vers sa voiture, la pauvresse, blessée dans son amour-propre, se sent très fatiguée, honteuse sans savoir encore de quoi, honteuse de tout ce qu'elle est sûre d'avoir gâché.

— Allô, Louis ?

— Oui ?

— C'est Fanny.

— …

— Tu vas bien ?

— Oui, et toi ?

— Oui.

On n'en sortira pas.

— Je viens jeudi.

— J'espère bien.

Elle rit. C'est la première fois qu'elle l'appelle. Elle a composé le numéro, la première tonalité a retenti, elle a trouvé soudain très dangereux de vivre.

— Tu ne te demandes pas comment je fais pour parler au téléphone ?

— Si.

— Il y a une boucle magnétique.

— Qu'est-ce que c'est ?

— C'est un truc qui amplifie le son directement dans mon oreille. Je t'expliquerai, faut un dessin. Je voulais savoir si j'avais laissé le livret chez toi.

— Attends, je vais voir.

Un bruit mat, il pose le combiné.

Elle attend, a de nouveau le trac. Sa voix qui revient :

— Oui, je l'ai, tu l'as oublié.

— Je le récupérerai jeudi, alors.

Elle ajoute, en minaudant :

— Je ne vais pas pouvoir travailler.

— T'as peur de te faire gronder ?

— Oui.

— Tu me trouves trop sévère ?

Il ne le pense pas, il le dit pour entendre le contraire, il veut bien jouer avec elle.

Un court silence.

— Non, tu es gentil.

L'intonation la trahit, elle le dit en riant, mais l'adjectif est nu, lourd de tendresse. Elle ajoute, et cela sonne sincère, dans le prolongement du reste :

— J'étais contente de revoir Aurélie, elle a l'air d'être en forme, elle est belle comme tout.

— Elle était contente de te revoir aussi.

Non, elle ne sait pas. Ni précisément le mal qu'elle a fait, ni comment se le faire pardonner. C'est fait, peut-être.

manon

Fanny l'a enveloppée dans un linge trop grand pour elle, où elle disparaissait presque. Elle a caché une partie de son visage, celle qui était la plus déformée. Elle l'a présentée à sa mère, qui l'a prise dans ses bras.

Sa maman l'a regardée longtemps, pour l'enfermer dans sa mémoire. Elle a entrouvert le linge : elle a trouvé mignons ses bras potelés et ses petites mains bleu ciel. Elle avait l'air endormie. Elle l'a serrée contre ses seins, chauds et gonflés. On y voyait, par transparence, des veines bleuâtres où semblait courir le lait. Elle l'a bercée en lui chuchotant des choses très douces, des confidences à peine audibles d'une mère à son bébé.

Le papa aussi l'a blottie dans ses bras. Il ne lui a pas parlé. Il l'a beaucoup regardée. Il lui disait des choses dans sa tête. Il s'est tourné vers sa femme, d'un mouvement très naturel, le bébé dans les bras : ça faisait presque illusion.

Il fallait lui trouver un prénom.

Ils n'auraient jamais dû attendre le dernier moment. Ils auraient dû décider avant.

Ils se sont regardés. Il proposait quelque chose, elle regardait la petite, non.

Il lui en proposait un autre, non.

Et puis à un moment, oui, elle a dit oui, ce prénom lui allait bien.

Fanny a pris la petite dans ses bras. Sa mère lui a dit au revoir une dernière fois : elle s'est appuyée sur ses avant-bras, a posé un dernier baiser sur son front minuscule. Elle lui a dit :

— Ma petite fille, ma toute petite fille…

Elle lui faisait encore un petit signe de la main quand Fanny passait la porte.

adam

Au niveau du 31, elle marche déjà moins vite. Une appréhension, le corps qui se souvient. Cette proximité un peu alentie lui fait redécouvrir Cap Nord, qui éveille un sentiment vague de contradiction, une gêne imprécise dont elle ignore l'origine. Cette maison, même plate, lui paraît trop petite.

Elle ne la voyait plus, à force de s'y rendre. Maintenant, la nuit tombe plus tard.

Il lui semble pourtant mieux la connaître. Elle ressent un malaise qu'elle ne localise pas, voudrait l'écarter du revers de la main comme une mouche harassante, ou se frotter le plat du front. L'entrée est sombre, carrelée. Elle accroche son manteau à la patère, puis entre dans le séjour après avoir grimpé une volée de trois marches. Elle a accès à toutes les pièces à présent. La salle de bains d'abord, pour se laver les mains. Puis la cuisine – elle sait maintenant où sont rangés les verres, ne confond plus le tiroir des couverts avec un autre, se souvient que le chaud et le froid sont inversés sur le mélangeur. La géographie complète de l'appartement lui est connue depuis qu'elle a réussi à glisser un œil dans l'entrebâillement d'une chambre à coucher – très bien rangée, parfaitement triste et ordonnée, disposée comme une chambre d'hôte, traversin et couvre-lit. Elle a remarqué que chaque pièce a son heure propre. L'horloge digitale du four a huit minutes d'avance sur le réveil de l'étagère dans le salon, qui a lui-même cinq minutes de retard sur la montre de Louis posée près de la lampe, à portée de main du canapé, tandis que le radio-réveil de la chambre pratique toujours l'heure d'été. Comme elle ne porte jamais de montre, elle est obligée de s'en remettre à Louis, qui lui conseille d'ajouter tant de minutes à l'horaire indiqué par le magnétoscope, ou d'en retrancher autant sur l'horaire du four. Même l'odeur de l'appartement lui devient familière, de pièce en pièce, du pain brûlé au déodorant pour mâle, du tapis jamais épousseté à celui du bois.

— C'est moi qui l'ai choisi. J'ai essayé de joindre les propriétaires de l'autre appartement, je n'ai jamais réussi. Toutes les maisons de la rue avaient un nom sauf la nôtre, je lui en ai donné un tout de suite. C'est peut-être la première chose que j'ai faite avec Hélène en arrivant ici.

Il ne dit pas qui est Hélène.

Il n'empêche, la forêt lui paraît trop grande, et la maison trop petite.

vincent

Elle retire ses appareils auditifs et met enfin Puccini sur le métier, le vrai, celui du salon.

Une main dans son dos lui donne le tempo. Il l'a posée à plat, pour qu'elle lui serve de métronome. Il a cherché où la placer pour que cela ne paraisse pas trop… ni trop… il l'a posée à plat, au-dessus des reins, tout en restant bien sous l'attache de son soutien-gorge. Il bat la mesure en exerçant une pression infime et régulière. Elle se règle sur ce rythme, d'abord troublée par cette main dont elle sent la chaleur, l'épaisseur, la force. Accaparée par la concentration, elle finit par l'oublier, par l'intégrer à la représentation qu'elle a d'elle-même, comme une excroissance dans laquelle elle peut naturellement se prolonger – passer le poignet, remonter l'avant-bras, franchir le coude, traverser les muscles du bras, rouler dans l'épaule et descendre dans les pectoraux, d'où part le mouvement de la main.

Elle épouse la cadence qu'il lui indique, sent par les nuances de pression quand il lui demande d'accélérer ou de ralentir, de jouer avec plus de gravité ou d'allant, d'accentuer une rupture ou de maintenir au contraire une phrase en suspens. Au bout d'un quart d'heure de jeu, cette main est devenue un tympan de fortune, cinq doigts vivants au travers desquels elle s'écoute jouer.

Il lui fait des commentaires qu'elle lit sur ses lèvres, sur ce qu'il pense être la meilleure manière d'interpréter le morceau. Elle recommence.

Il lui faut exagérer des sentiments qu'elle n'a pas, qu'elle lit et suppose en filigrane de la portée, que la main de Louis confirme ou non.

Il juge le résultat satisfaisant, s'empare des contours d'oreilles échoués sur le toit du piano, les lui propose.

Elle hésite.

Elle les regarde un instant, ces deux corps étrangers dans le creux d'une main autre que la sienne.

Inquiète, les chausse. Pose ses mains sur le clavier.

ingrid

Le dernier accord s'éteint, un sourire de Joconde flotte sur ses lèvres. Elle ne dit rien. Son visage parle pour elle. Elle a la mine joyeuse et échevelée d'une fille qui a trop dansé, heureuse et belle comme une femme grosse, une femme libre.

paul

Leur histoire a peut-être commencé par les pieds, comme tant d'histoires.

Des frôlements qui ne prêtent pas à conséquence, mais que l'autre sent, ne refuse pas, des effleurements de jambes qui rôdent sous la banquette où l'on est décidément trop serrés. Qui invitent à des conversations de cuisses, qui se touchent sur le rebondi du siège, ne s'écartent guère, on est contraint à cette promiscuité.

Elle se sait regardée avec une insistance qui, déjà, est peut-être du désir. Il laisse les yeux dans les siens – elle les détourne d'abord mais s'énerve ensuite de ne pas y rester, y revient.

Il ne la trouve pas seulement belle. Elle a le charme piquant des infirmes, des femmes chauves, boiteuses, amputées ou roulantes, dont le handicap arrogant et provocateur remue, chez certains valides, d'enfouis et inavouables désirs.

Son regard va à son reflet dans la vitre, puis accommode sur les arbres.

— Elle est bizarre, cette forêt. Elle paraît immense, vue d'ici.

Elle en est convaincue, ce n'est même pas une forêt, plus haute que longue, n'en mérite pas l'appellation. Il reste coi, sourit avec douceur.

— Elle est plus petite qu'elle n'en a l'air, non ? insiste-t-elle.

Il rit bizarrement, d'un rire qui balaie. Elle l'interroge du regard : qu'a-t-il à en dire ?

— Non, non, je ne sais pas, c'est marécageux, je n'y ai jamais mis les pieds.

Marécageux ? Elle pose sur lui des yeux hallucinés, répète, en articulant :

— Tu n'y as jamais mis les pieds ?

— Non.

— Mais ce n'est même pas une forêt !

Troncs informes aux feuillages sinistres et chevelus, une mer infinie d'arbres noirs, hérissés, courbés, rompus, qui baignent dans un brouillard stagnant, le sol qui se dérobe, putréfié, les eaux mortes et croupissantes, nauséabondes, où il se noie, forêt brute, obscure et murmurante, où il marche jusqu'à s'égarer, errant sans but des jours entiers, en animal blessé.

— Compte pas sur moi pour aller ramasser du petit bois.

— Non... mais... tu plaisantes, là ?

Elle rit. Son regard retourne dehors.

Puis revient sur lui, l'air plus effaré encore. Elle n'a déjà plus envie de rire, voudrait le prendre dans ses bras, comme un grand malade. Louis, dis-moi, parle-moi. Dis-moi pour Adrien. Parle-moi d'Hélène. De ta blessure, décris-moi tes nuits, fais-moi un double des clefs.

Elle se reprend et dit, calmement :

— On va y aller. On ira ensemble. Tu verras.

antoine

Il y en a des timides. Ou qui croient tout savoir. Qui n'échangeraient leur place pour rien au monde. Préféreraient ne rien voir. Des gentils. Tendres. Ou bourrus. Qui déplieraient un journal. N'éteindraient pas leur portable. Se font envoyer balader. Sont indispensables. Trouvent leur femme belle. Ont le sentiment théorique. Ou qui pleurent. Qui vont souvent pour dire quelque chose mais finalement non. Qui photographient. Restent peureusement à l'arrière. Enlacent leurs doigts dans les siens. Se sentent pères. Rangés et honnêtes. Les mains calleuses. Des époux rassurants. N'en croient pas leurs yeux. Figurants. Apitoyés. Déposent un baiser sur le front moite de leur femme diminuée (ou bien c'est elle qui prend sa tête, au papa, à pleines mains, l'embrasse fougueusement, heu-reu-se). Des sans-gêne. Qui ont des paroles d'encouragement. Marchent avec un sourire intérieur. Ne disent pas toujours les mots qu'il faut. Ne sont pas là. Se font agripper. Dégainent leur caméscope de poing. En veulent pour leur argent. Ont des allures de sparring-partners. Des rougeauds, l'air gaillard. Qui regardent leurs chaussures. Ridicules sous leur djellaba médicale. De grands blonds efféminés à queue-de-cheval. Des petits frères qui viennent remplacer le grand couillon qui s'est tué le week-end dernier. Des chauves. Des lunetteux. Qui ont eu une enfance pas facile. Ou normale. Ébouriffés. Errant comme des fantômes dans les couloirs. Qui regardent leur montre. N'en ont pas. Qui ont tout vu à Hiroshima. Ont tout raté. Agitent un vaporisateur autour de son visage. Qui travaillent la nuit et dorment le jour. Qui sont prêts. S'assoient derrière leur femme, jambes écartées. Respirent comme elle. Qui poussent quand elle pousse. Donnent le bain avec des gestes lents, la peur de mal faire. Posent des questions timides. Jouent les interprètes. Ont les mains dans le dos qui se cherchent et qui se tordent. Que ce spectacle ahurit. Qui aiment leur bébé d'un amour qui était là avant lui. Qui le connaissaient déjà avant de l'avoir vu. Qui l'emmènent dans les bras, vont lui raconter des choses dans le couloir. Qui aimeraient bien, eux aussi, donner la vie.

benoît

À la fin du morceau, elle cherche ses lèvres.

jacques

Elle vient un samedi matin d'avril, elle n'est pas venue ce jeudi. Elle passe en coup de vent, avant de partir pour le mariage de sa nièce. Elle est déjà habillée : chemisier blanc, col noir, jupe plissée assez courte, étudiante irlandaise. Il siffle entre ses dents en la voyant. Elle baisse un peu les yeux, pour se laisser regarder, avec un rire ensoleillant. Elle entre dans le salon.

— Oh !

Calé dans le canapé, assis à plat, les jambes étendues : un bébé tout rond. Une petite fille, qui ouvre de grands yeux, le dos bien droit. Des cuisses potelées qui jaillissent d'une couche immense. Un tee-shirt vert pomme, un petit bidon à moitié à l'air. Fanny se penche pour lui faire un bisou qui résonne sur sa joue. Elle la reconnaît à peine, cette petite personne qui la regarde dans les yeux.

— Aurélie me l'a laissée pour la matinée, elle est partie à la sous-préfecture ou je sais pas quoi.

Il attrape la girafe en équilibre sur le bord du canapé et la tend à Laura, qui la saisit dans un couinement de plastique, puis la rejette d'un mouvement impertinent du bras.

— C'est son grand jeu depuis ce matin.

Fanny soulève le cylindre, ouvre la partition, ne retire pas ses contours. Elle est un peu pressée.

Il parle à sa nièce à petits mots :

— Hein, c'est ton grand jeu depuis ce matin, de tout jeter par terre ? C'est Fanny, tu sais, ta sage-femme... non, tu ne te souviens pas... elle se souvient de toi, par contre. Elle sait jouer du piano, tu vas voir, c'est très beau.

Fanny sourit, grisée du compliment. Elle joue le morceau une première fois, puis se tourne vers Louis, resté sur le canapé, un bébé plein les genoux. Laura la regarde fixement, intriguée, un peu surprise. Elle se met à sourire, à se tortiller en poussant des pépiements, tandis que Louis s'amuse à la maintenir en place. Elle ne doit pas s'attendre à des commentaires bien pertinents de leur part, ils ont l'air de deux andouilles qui n'ont rien écouté.

— Tu vas peut-être devenir son papa !

Le ton riant de Fanny minimise la gravité de l'hypothèse. Il crie :

— Son papa ?

Elle s'agenouille devant Laura, poursuit avec distraction, sans le regarder :

— C'est dans la Bible, quand le mari meurt, c'est le frère qui le remplace.

Il n'en revient pas. Ça ne va pas de dire des bêtises pareilles ? On dit de ces choses, quand on est folle. Devant Laura, en plus.

Il prend la voix d'un enfant de CP :

— N'im-por-te quoi.

Il a l'air sincère, l'idée ne semble même pas l'avoir traversé. Soulagée, elle veut s'en aller déjà.

Partir vite sur cette réponse, qui lui va. Elle n'a pas envie de croiser Aurélie de nouveau, près de sa fille, près de Louis, habillée comme ça. Un gros bécot pour Laura, sur sa joue fraîche de bébé, adossée contre le maigre torse de son oncle. Deux baisers pour le visage au-dessus, près de cette bouche qui accapare son attention chaque jeudi, lui semble si familière. Elle a beau l'entendre, elle ne peut pas s'empêcher de lire quand même sur ses lèvres, ses dents pâles, au milieu de son menton râpeux :

— Tu y vas ? Tu n'as presque pas joué.

— Je me sauve.

— Alors sauve-toi.

séverine

Une femme petite, anxieuse, qui a l'air gentille.

Qui lui plaît bien.

Elle aimerait que tout roule pour cette femme-là, déjà tellement émue.

La tête du petit apparaît, il regarde vers le plafond. Il va tout déchirer sur son passage, blesser le périnée en relevant la tête.

Une minute plus tard, elle entend déjà le craquement reconnaissable entre tous d'une clavicule qui cède.

Alors qu'elle s'occupe du bébé, vérifie qu'il respire bien, Laurence qui arrive vers elle, blanche comme un linge :

— Elle saigne.

Bon.

Elle lui colle le bébé dans les bras et va voir la mère. Elle sourit et lui dit qu'il va falloir pousser parce qu'il faut expulser le placenta. Elle se place entre ses cuisses, devant son ventre. Elle retire sa main : elle est tiède de sang. Un filet rouge ruisselle le long de sa cuisse et sur le carrelage. Le placenta n'a pas réussi à se décoller complètement, empêche sûrement les vaisseaux de se refermer. Elle doit aller le décoller à la main. Du calme. La mère a le visage qui devient terreux, le front qui rouille. Elle lui explique ce qu'elle s'apprête à faire, qu'après le passage de l'enfant il y a suffisamment de place pour qu'elle puisse glisser la main sans lui faire mal, que la péridurale fait encore de l'effet. La femme acquiesce, comprend qu'il faut l'aider. Fanny introduit la main droite, qui disparaît entièrement, regarde la patiente dans les yeux pour qu'elles respirent ensemble. Elle va tout au fond, décolle le placenta par petits bouts, tandis que son autre main à l'extérieur repousse l'utérus vers le bas. Puis elle sort de son ventre l'objet du délit. La mère soupire. Les vaisseaux qui irriguaient le placenta se ligaturent. Les saignements diminuent.

Elle consulte attentivement le placenta. Elle a un doute à un endroit, l'impression d'un léger creux. Il y a peut-être encore un bout à l'intérieur. Normalement, l'utérus devrait se rétracter rapidement, devenir dur, descendre des côtes à l'ombilic, former un globe de sécurité. Son ventre est encore trop ramolli à son goût. Elle pose une main : il ne se raffermit pas, reste flasque, briochant. Elle a l'impression que ce corps ouvert ne veut plus se refermer, que la coagulation n'a peut-être pas lieu correctement.

À sa droite, l'obstétricien de garde. Laurence est allée le réveiller. Il est déjà tard. Fanny lui explique son inquiétude. Il la regarde froidement, les bras croisés. Ils se connaissent mal, lui et Fanny. Il lui dit « vous » et lui donne du « madame », en pleine nuit, à cinq heures du matin. N'adresse même pas la parole à la patiente. Il chausse une paire de gants stériles, roule ses manches au-dessus des coudes, procède lui-même à une seconde révision utérine. Ses doigts s'introduisent dans l'orifice tuméfié, son poignet disparaît dans la cavité, tourne dans l'utérus. Les doigts cherchent à tâtons, ne trouvent rien, se retirent.

— Vous avez pensé à la vessie ?

Elle allait le faire quand il est arrivé, vraiment elle s'apprêtait à le faire.

Elle introduit une sonde et la miction confirme la rétention urinaire – elle repoussait l'utérus vers le haut et l'empêchait de se contracter.

Il soupire, chiffonne ses gants.

— Vous m'avez réveillé pour pas grand-chose.

Trois heures plus tard, la patiente se met encore à perdre des couleurs. Fanny reprend sa tension : basse. Elle souffle un grand coup, part réveiller l'anesthésiste. Elle lui explique la situation à son chevet, dans la pénombre de la chambre de garde – mal sans doute, il lui dit que sa chute de tension est normale : il n'a pas l'air de vouloir se lever. Elle n'ose pas réveiller à nouveau le médecin de garde. Alors elle passe la nuit près de la mère, les yeux verrouillés sur le tensiomètre.

La patiente finit par s'endormir. Sa tension revient.

En reprenant le service, le matin même, l'obstétricien apprend la chute de tension, confronte son témoignage à celui de l'anesthésiste – s'étonne qu'il ne se soit pas levé. On se tourne vers Fanny, lui reproche d'avoir été confuse.

À demi-mots, on lui fait comprendre qu'elle aurait dû alerter quelqu'un.

Elle rassemble son courage pour réussir à se taire, à rentrer chez elle, avec un sentiment pénible de faute et d'incompréhension, de malentendus en chaîne.

Elle n'en est pas sûre, elle croit avoir entendu l'anesthésiste dire : « La mère aurait pu y passer », ou quelque chose du genre.

daphné

Un réveil près du canapé, un ticket de métro qui dépasse d'un livre de poche, un oreiller glissé dans une taie, une bouteille d'eau à moitié pleine... elle ne réalise que maintenant : Louis doit dormir dans le salon, à l'endroit précis où elle est assise, déplier chaque soir le canapé, se coucher en diagonale à proximité du piano. Elle a bien vu la chambre, le lit parfaitement lisse, poussiéreux.

Elle est assise de côté, une jambe repliée, sa cheville dans la main. Elle l'écoute. Ses yeux bruns se ferment, se rouvrent. Il joue du piano sans lui prêter attention. Il la laisse tranquille, joue sans elle.

Fatiguée, elle pose la tête sur les coussins adossés au bras du canapé.

Elle se force à garder les yeux ouverts. Elle le regarde déjà par légers intervalles, replie ses jambes.

Devant le canapé, ses deux chaussures encore nouées, qu'elle a ôtées par les talons.

Elle se réveille, oublieuse de l'endroit où elle s'est endormie. Il fait nuit. Louis est encore assis au piano, mais ne joue plus, tient un livre dans le rond de lumière de la lampe de chevet. Il le referme sur son index et s'empresse de se disculper :

— Je n'ai pas osé te réveiller, tu avais l'air fatiguée.

— Quelle heure il est ?

Il consulte sa montre. Elle se lève précipitamment, inquiète, les cheveux follets.

— Mince, ils doivent se demander où je suis.

Avec, dans la voix, un parfum de faute.

david

Cousus bout à bout, les bracelets qu'elle lui a apportés forment deux guirlandes verticales rose et bleu qui pendouillent en travers du seuil de la cuisine. À ce rythme, elles finiront par faire barrage à d'improbables mouches, à la manière de ces rideaux de perles dans le sud de la France, au seuil des maisons.

Elle voudrait comprendre, n'ose plus demander.

cédric

Parler est compliqué. Écrire plus encore. Ils ont des silences amis, qui leur conviennent.

Ou bien elle lit sur ses lèvres, comme dans un livre ouvert, adoptant malgré elle des réflexes de lecture, appliquée, en diagonale, sautant discrètement les pages.

Il va la regarder jouer depuis le canapé, pédaler la cheville souple, du bout du pied. Elle pourrait être à vélo. Un vent chaud ferait bouffer sa jupe, qui plaquerait sa robe sur l'arrondi de son ventre, creuserait l'intérieur de ses cuisses. Elle serait grosse de quatre mois et demi, les joues pleines et blondes. Une robe légère, soulevée sur un rond de mollet, où elle le laisserait planter ses dents en repoussant et riant.

erwann

Et puis il y a cette femme-enfant de dix-huit ans à peine, pas bien haute, pas bien épaisse, qui prépare un siège complet. Le bébé ne s'est pas retourné à la fin de la grossesse, sortira les fesses en premier, une présentation dangereuse. Si la tête du bébé est trop large, le bassin trop étroit, elle peut rester coincée, alors que le reste du corps est déjà sorti, vision surréelle d'une tête enfouie dans la mère. Le bébé tente de respirer et c'est l'angoisse. Il étouffe, la tête coincée dans la lunette de cette guillotine de chair. La sage-femme voit se cyanoser le corps de l'enfant, devenir flasque, entre ses mains impuissantes – elle redoute cette vision d'horreur depuis toujours.

Les radios du bassin sont optimistes, le bébé a la place de passer par voies basses, mais on lui prédit une césarienne, c'est son premier. Ce sera brancard, ascenseur, roulement, blouse verte, champ stérile, bistouri, incision de l'abdomen, écarteurs, incision du péritoine, de la poche des eaux, aspiration du liquide amniotique, extraction du bébé, section du cordon, décollement du placenta, suture, blouse verte, roulement, ascenseur, brancard ce sera.

Au dernier moment, Fanny pressent qu'elle peut y arriver seule. Elle en fait part au médecin, qui partage son intuition. Elle a l'air en pleine forme. Quelque chose dans le regard, dur.

Elle s'est assise, a ignoré les étriers. Elle a séparé ses jambes. Elle a poussé à cinq reprises. Le bébé est sorti plié en deux, les fesses d'abord, puis la tête.

Le tout en un quart d'heure. Personne ne voulait le croire.

Elle a envoyé balader le brancardier : elle voulait retourner dans sa chambre à pied, un bébé sous le coude, une main appuyée contre le mur, héroïque. Elle n'a pas pu, à cause de la péridurale. On l'a glissée jusqu'à sa chambre. Toute l'équipe l'a regardée avec admiration, un fourmillement dans les doigts, une démangeaison, une envie d'applaudir.

Personne n'a osé. Ils auraient été ridicules. Et la jeune femme ne l'aurait pas permis.

blandine

Le printemps fait déjà roussir les feuilles dans l'impasse. Quelques-unes tombent sur le trottoir, desséchées, tordues, semblent un avant-goût d'automne.

Comme un carré de ciel bleu en janvier, une promesse de l'été qui dirait :

— Patience.

Les feuilles orange et froissées craquent sous le pied, résonnent dans l'air brûlant de mai, une menace de novembre répétée à chaque pas :

— Je reviendrai.

luc

Pire qu'un audiogramme, un clavier.

Assise bien droite devant lui, deux doigts peureux avancés sur les touches, elle n'a pas déshabillé ses oreilles. Elle cherche, à tâtons, la touche exacte.

De l'autre bout de la pièce, Louis la regarde, gagné malgré lui par son anxiété. Elle a l'air si grave, si concentrée.

L'averse gifle doucement la fenêtre. Des gouttes serpentent le long de la vitre, renvoyées sur le mur du fond, clair et lumineux, qui suinte, dégouline à son tour, dessine des rigoles de lumière.

Il la voit hésiter entre deux touches voisines qu'elle enfonce alternativement, s'arrêter sur l'une, revenir sur l'autre, douter d'elle-même. Les notes tombent dans le silence, une à une, de droite à gauche, des aigus vers les graves. Le piano est là, devant elle, raboté touche à touche. Des copeaux jonchent le sol, croustillent sous ses pieds. Il tend le cou : elle hésite entre un *fa* et un *sol* de la cinquième octave. Elle n'entend plus au-dessus de ces deux notes. Quatre tons et demi, neuf touches depuis février dernier, presque une octave ! Il baisse les yeux.

— Tu as essayé de changer de prothèses ? risque-t-il.

Elle ne parlera pas. Il ne devine pas le prix que ça coûte, sans doute, combien tout cela lui pèse.

Elle s'assoit dans le canapé, sombre, lui fait un signe du menton : il peut bien y aller, au clavier, elle ne jouera pas, n'en a pas envie, pas aujourd'hui.

Louis s'installe, commence doucement à pianoter.

Elle voit ses fesses se décaler discrètement sur la gauche de la banquette, tandis que ses mains se contentent d'occuper seulement cette moitié du clavier. Il a cette attention délicate et polie de jouer pour elle, dans les graves. Il laisse même une place libre à côté de lui sur la banquette, pour une troisième et quatrième main sur le clavier – si elle changeait d'avis.

Pas aujourd'hui.

Elle le regarde distraitement, devant son piano, les yeux dans le vague. Elle lui trouve un air de forçat devant cette machine qui encombre la pièce, attaché à elle comme à un boulet, rivé à cet instrument qui est un meuble avant d'être de la musique.

Elle se demande comment l'instrument a pu atterrir là, regarde attentivement l'objet, sa largeur, sa hauteur.

Un regard circulaire sur la pièce, qui la stupéfait : une insulte à la logique. Le piano ne pourrait sortir par aucune porte, aucune fenêtre.

Tout juste passerait-il par l'entrée, à la rigueur, mais l'étroitesse du vestibule interdirait ensuite toute rotation du meuble et découragerait cette direction.

Par la cuisine ? Elle ne s'ouvre pas sur l'extérieur autrement que par une simple fenêtre.

Quant à celle du salon, il ne faut pas y penser.

Ou bien le piano est là depuis toujours et les murs de la maison se sont élevés autour, ou bien il a été assemblé à l'intérieur, pièce par pièce.

Pour démeubler le séjour, il faudrait inévitablement élargir une porte. Elle l'admet presque malgré elle, par déformation professionnelle.

La pluie a cessé et le soleil réapparu. Le soir tombe déjà sur le jardin trempé, qu'une ombre triangulaire commence à manger.

Soudain, elle coupe la parole à l'instrument.

— Tu voudrais des enfants, toi ?

Louis s'arrête de jouer et la regarde gentiment, à peine surpris, semblant s'attendre qu'elle lui pose un jour la question.

En descendant, le soleil a allumé le séjour, incendie maintenant le mur du fond qui baigne dans une couleur nouvelle, douce et sanguine, marbrée de reflets roux.

Elle regarde, fascinée, le fond de la pièce.

Le mur enflammé a l'éclat d'une muqueuse.

Et l'Homme saigné noir à ton flanc souverain.

— Je ne peux pas en avoir.

Il la regarde, tranquille.

— Comment ça ?

— Je,

Le silence, poliment, termine la phrase pour lui.

Mais il va le dire, ce mot, le prononcer enfin – il l'articule déjà dans sa tête. Il prend un ton de légèreté, qui aide parfois à dire les choses.

— Je suis stérile.

Le mot résonne dans le silence de la pièce comme un bruit de verrou qui cède. Il pose sur elle ses yeux clairs, le regard triste et doux d'un petit garçon sous des cheveux poivre et sel. Elle a du sang-froid. Lui, c'est le foutre. La face nord de sa vie. Des éjaculations congelées. Qui ne réchauffent personne. Une Bérézina blanche. Stérile. Ce mot placardé depuis des années sur les murs de son chagrin, il a réussi à le prononcer devant la sourde.

Elle le regarde, interdite, en arrêt. Elle réussit à articuler, chuchotant presque :

— Mais tu as fait des tests, tout ça ?

Un geste las de la main, la tête qui fait non.

Il explique, comme à regret, en désignant vaguement l'étagère :

— On voulait un enfant avec Hélène. On n'a jamais réussi. Et puis on s'est séparés, elle est partie, pas à cause de ça, enfin, c'est ce qu'elle dit.

Les lèvres de Louis s'immobilisent un instant.

— Elle est avec quelqu'un maintenant. Elle a eu un enfant avec.

Et il conclut, un tremblement imperceptible dans la lèvre inférieure :

— Alors tu vois, je sais que c'est moi.

Éteinte, elle regarde les bracelets pendus au seuil de la cuisine.

Il ne posera jamais la main sur le ventre d'une femme, ne sourira jamais à un nombril.

Il a un sourire embarrassant, hésite, se lève et lui plante cette phrase à nouveau :

— Je suis stérile.

Avec, dans la voix, une intonation qui la met mal à l'aise.

Elle passe dans les odeurs de glycine et d'herbe coupée, au milieu des jardins qui éclatent, nettoyés d'ombre. Des nuages hauts et blancs glissent là-haut. Des rires de jeu lui parviennent, mélangés aux aboiements infatigables.

Un homme et un piano ont échoué là, au 37, assailli par la végétation grimpante. Les fenêtres semblent avoir été découpées dans le lierre.

Ils se disent bonjour avec une politesse trop lisse, savent aussitôt que ce jeudi nouveau sera leur chemin de croix.

Elle est revenue les mains vides de la maternité.

Il s'en étonne d'abord. Leurs rencontres sont régies par des règles non écrites, certes, mais des règles tout de même, auxquelles elle déroge pour la première fois. La coïncidence l'irrite. Il lui en fait la remarque. Elle paraît gênée, prétexte qu'elle n'a pas réussi à sauver de bracelet cette semaine.

— Ah ? fait-il en acquiesçant du menton, l'air de signifier : je ne te crois pas.

Elle garde ses contours, il reste en retrait.

Elle est revenue malgré tout, par inertie.

L'été est là, jure avec leurs visages fermés.

Trébuchants, débraillés, des épines au front, des échardes plein les mains. Ils ne se regardent presque pas, s'en veulent de quelque chose, sans savoir quoi au juste. Une rancune maligne creuse son lit, ne dit pas son nom. Ils prennent un air faussement détaché, se concentrent sur le rôle à jouer. Il redevient le professeur, elle redevient l'élève, sachant bien que le confort de leurs statuts respectifs n'a que le provisoire d'une solution de fortune. Qu'il faudra parler. Ou cesser de se voir.

Il y a toujours la table dans le jardin, immobile, blanche, aveuglante, conçue pour les petits déjeuners, qui attend avec un dévouement sans bornes. Et derrière, la sombre verdure de la forêt.

Elle sait qu'il n'est pas dupe, qu'elle lui manque de respect. Lui qui en a tant pour elle, elle ne peut l'en priver sans risquer de se haïr.

Peut-être vaut-il mieux lui dire la vérité, même brusque.

Elle marque une pause, écarte les mains du clavier, puis jette un regard mal assuré vers le seuil de la cuisine, les bracelets pantelants :

— Pourquoi tu fais ça ? C'est bizarre de ta part, cette collection, c'est, c'est un peu ridicule.

Elle l'a dit sans colère, mais avec, dans la voix, une fermeté. Elle le regarde avec exigence. C'est elle qui décide de ce qui est ridicule ou pas. Et de retirer ses appareils là-dessus, un geste brusque qui verrouille, dresse entre eux un nouveau mur. Elle voudrait partir, sans pouvoir l'oser. Elle se remet à jouer, vaillante, avec plus d'acharnement. Le piano tremble un peu sous ses mains élastiques, pleines de hâte. Les notes résonnent clair et sec. L'instant flottant. La balançoire en apesanteur qui va revenir en arrière. Elle ne peut partir là-dessus, prisonnière de la méchanceté qu'elle a dite, de la nacelle où elle s'est assise. Le dos moulé dans sa chaise, il regarde, droit, impassible.

— Pourquoi tu es méchante ? Qu'est-ce que ça peut te faire ?

Sa bouche s'est mise à articuler, par-dessus le piano, se sachant seul, inécouté, derrière elle. Ses lèvres bougent sans modifier l'expression de son masque de douleur muette. Il se sent deviné. Elle est injuste. Elle l'a attaqué, lui. Comment ose-t-elle ? Frapper ainsi. Quoi, il se console de bouts de plastique ? La belle affaire. Si elle savait seulement. Il poursuit, à voix basse, blessé au plus secret :

— Pourquoi je collectionne des bracelets d'enfants ? Tu penses que c'est parce que je suis stérile. Parce que je ne peux pas en avoir. Tu es contente, là. Tu sais pourquoi ? Toi, t'es sourde. Tais-toi. Tais-toi, tu m'entends ?

Elle continue de jouer, concentrée à précipiter les notes, les unes derrière les autres, le dos tourné. Il se met à répéter, levant la voix jusqu'à lui postillonner dans le dos :

— Pourquoi je collectionne des bracelets d'enfants ? Tais-toi, tu m'entends ! T'es sourde ! T'es complètement sourde ! Tu vas la fermer ta gueule, dis ?

Elle tourne une page, avec une solidité de pierre dans la mer démontée, ignorante.

— T'es méchante, t'es sourde, sourde et méchante !

Il jette, comme la conclusion finale de sa hargne, en penchant un peu le buste :

— Sourde !

Il se tait enfin, les bras ballants.

Elle continue de creuser les touches, en rythme, indifférente.

Vaincu, épuisé, il retombe affalé contre le dossier de sa chaise, repu de colère. Il entend malgré lui les phrases de Fanny, qu'elle continue de dérouler. Voyageuse immobile qui impose un ordre aux touches clinquantes. Il regarde son dos, sa nuque légèrement inclinée, le mouvement cadencé de ses poignets. Par la patience de son jeu, de ses gestes, le ramène doucement à elle, volte délicate des épaules dans le sens de la vulve, le contraint à écouter. Vide de pensée, il entend à nouveau. Les notes de Fanny le sortent de la torpeur inerte où il était retombé.

C'est beau.

La sourde est en train de le mystifier. Son jeu discret est plus fluide que d'habitude, plus précis, plus personnel, plein d'émotion retenue. Il ne sait pas s'il ferait beaucoup mieux. Cette page, il ne sait pas s'il la jouerait mieux qu'elle. Il en a la chair de poule.

Elle s'arrête. Ne bouge plus, le dos résolument tourné.

Dans le silence retrouvé, il arrive à dire, la voix enrouée, résolu à la sincérité :

— C'était bien.

Cet aveu achève de l'épuiser. Il l'a dit pour elle, se souvient qu'il parle à un dos. Il ne trouve pas l'énergie de poser une main sur son épaule pour la faire pivoter, répète pour lui, la voix tombante :

— Très beau.

Il la voit le visage trempé, plein de sel, qui se retourne, les yeux brillants, demander sans colère :

— Alors, pourquoi tu cries ?

Quand Louis ouvre la porte la semaine suivante, elle guette son ressentiment, il cherche le sien.

Il est déjà tard dans la journée, sa voix le trahit : il est soulagé de la voir.

Elle pénètre dans le séjour, s'aperçoit que les bracelets ont disparu du seuil de la cuisine. Elle en ressent un soulagement, en même temps qu'un trouble, il l'a fait pour elle. Comme si elle lui avait demandé de le faire, qu'il avait obéi. Par respect ? Par affection ? Parce qu'elle avait raison ? Elle en doute presque, à présent.

Elle lui dit qu'elle pourra venir deux fois cette semaine, qu'elle a du temps, que les autres sont partis dans la famille de son mari. Elle n'a pas dit Vincent, elle a dit : mon mari.

On ne se regarde pas. Croiser le regard de l'autre, c'est mourir dans l'instant.

Elle déshabille les touches, les fait gémir.

La fenêtre trace des angles droits dans le vert puissant du jardin, l'immobilité bleue du ciel. Il fait si beau à l'extérieur que la pièce en est sombre. Il ne manque plus qu'un avion traverse silencieusement le haut de la fenêtre et ce sera l'été tout à fait. On est là, côte à côte, et pourtant si loin. On ne peut pas se parler. Ni s'écrire, on n'en a pas le goût.

Il joue à son tour, pendant qu'elle se repose les mains. Il porte un simple maillot de corps, il a l'air d'un boulanger des années quarante, les épaules rondes, la peau blanche. Il joue avec énergie, sur le clavier entier, le printemps au bout des doigts, juin dans les pédales.

Il y a dans l'air l'électricité d'un événement.

Il joue sur le clavier entier.

Il ne joue pas seulement à gauche, dans les graves : il va aussi dans les aigus. Il ne fait pas semblant de boiter. Il les laisse tranquilles, elle et son handicap.

Il se lève, déniche un livret de partitions dans le fatras de son bureau, neuf, encore cellophané. Il froisse la pellicule de plastique et lui présente l'ouvrage : « Partitions à quatre mains ».

Elle sourit : d'accord.

Elle prendra les aigus, il prendra les graves. Il jouera pour elle, elle jouera pour lui.

Une première fois pour débroussailler le terrain. Une deuxième pour prendre ses marques. Une troisième, pour de bon. Quatre mains qui se promènent, fatiguent les touches, encombrent le clavier. Les mains d'un musicien stérile et d'une sage-femme sourdingue, qu'un grand frère a mis coude à coude devant le piano du 37.

Les notes se mélangent. Il ralentit quand elle a du retard. Elle le surveille du coin de l'œil. Il fait sa part, elle fait la sienne.

Elle rit : il s'aventure dans sa partie du clavier, vient gêner ses doigts, la bouscule sur son territoire, exprès.

Il recommence, vient plaquer un accord intrusif entre ses deux mains, où il n'a rien à faire.

Elle tend la main et enfonce quelques touches au hasard dans les graves, une volée de fausses notes punitives sur son terrain.

Il se penche vers les aigus, tend son bras, plaque trois fausses notes pour lui faire comprendre qui est le chef, il sent un sein contre son épaule, qu'elle ne retire pas, qui lui donne le trac.

Mais elle se venge déjà, franchit les lignes adverses, plante un accord dissonant dans les graves, pour l'exemple, ressent une inquiétude délicieuse, qu'elle cache sous les éclats de son rire perlé de jolie môme.

Ils se chamaillent à coups de fausses notes et de faux accords, riant comme des gamins.

Il tâche bien de rencontrer ses doigts sur les touches.

Elle laisse sûrement sa cuisse contre la sienne, une ou peut-être deux secondes de plus qu'il ne faudrait.

Et profitant de ce que le soleil, en s'éteignant, a plongé la pièce dans une demi-obscurité, que le mur du fond a déjà disparu, que la poussière danse dans un coin de la pièce, que l'herbe du jardin s'est allumée, que l'ombre des arbres s'est allongée, et que ça lui met au cœur une gaieté, qu'il se sent, à cet instant, capable de tous les courages, dépose un baiser à la naissance de son cou. Il ne joue plus que d'une seule main. Elle continue comme si de rien n'était, insolente, l'ignore, dans une encourageante indifférence. Et quand il cherche ses lèvres, douces, vivantes, que sa deuxième main a abandonné le clavier, s'est doucement aventurée sous sa robe, elle continue surtout de lire la partition avec un air détaché, précaution encore plus indispensable quand elle la sent glisser entre ses seins lourds, qu'une autre a sombré dans la chute de ses reins, caresse la rondeur de sa robe. Elle s'acharne encore à l'ignorer quand il entreprend de l'effeuiller, de l'éplucher, de la dépiauter, indifférence souveraine qui l'excite plus encore. Il lui chuchote quelque chose, elle détourne son regard de ses lèvres pour désapprouver davantage. Le décolleté relâché, la bretelle bordeaux de son soutien-gorge en travers de son dos, les omoplates saillantes, elle continue de jouer comme si sa vie en dépendait, alors qu'il mordille le lobe de son oreille crue, qu'elle continue de harceler le clavier, avec la peur de manquer. Il se débat avec la boucle de ses sandales, entend encore se tourner une page de la partition, mais debout, dégrafée, les seins libres, la force de s'interrompre. D'un seul coup, le piano se tait, retourne à sa condition de meuble, sur lequel elle bascule, dans une position exigeante : ses mains cherchent appui, et le clavier martelé rend d'exquises fausses notes, des sons délicieux qu'il n'a encore jamais produits, nés de l'action simultanée de touches qui n'avaient pas l'habitude d'être jouées ensemble.

Et il sourit à l'idée qu'elle ignore tout de cette musique jouée par ses paumes à son insu.

Dans la pièce, l'obscurité est faite. Les choses, prises par le soir, ont été emportées par la nuit. Fanny se redresse sur ses coudes.

Quand il ouvre les yeux, elle s'est approchée de la fenêtre, les cheveux couleur de nuit.

Il l'entend rassembler ses vêtements, se glisser dans sa robe, la boutonner.

Il sait et ne fait rien.

Il entend le son de la porte qui se ferme, ses pas décroître dans l'allée, sa voiture démarrer dans le silence de l'impasse, tourner au bout de la rue.

Il sait et ne fait rien, ferme les yeux.

Son oreille la cherche au loin, jusqu'à ce qu'elle disparaisse complètement du paysage, et la perde.

Il sait et ne fait rien.

Les deux mains posées sur les genoux, assis sur le rebord du lit, il se lève doucement. Les yeux grands ouverts, il regarde palpiter le mur noir de la forêt.

Le strict nécessaire, deux pulls qu'il enfile l'un sur l'autre, les pieds nus dans une paire de baskets, pose sa main sur la poignée de la porte, et sort à son tour. Il va dans la nuit fraîche, la nuit grise, encore chaud de sommeil. Au-dessus de lui, le ciel clignote doucement dans l'air immobile, piqué d'étoiles, de satellites.

Il longe la maison, traverse le jardin noir.

Jusqu'à l'orée du bois.

Il se tient là un court instant, fouille du regard la végétation dormante.

Il avance d'un pas dans la première rangée d'arbres. Même à l'arrêt, ses pieds rendent de légers craquements secs. Ils ne s'enfoncent pas. Le sol est dur.

Il écarquille les yeux. Il ne fait pas si noir, il ne fait pas si froid. On y voit. Ce n'est pas si inextricable.

Il ajoute quelques pas supplémentaires, la démarche raide de sommeil, franchit le premier rideau d'arbres, intrépide, avance si bien et si sûrement qu'il s'enfonce entre les troncs, les branches tendues vers lui, les ombres profondes dont il préfère détourner le regard.

Il veut y aller, pouvoir se dire pour de bon : j'y suis.

Il lève bien haut les genoux pour enjamber les troncs abattus, ébranchés. Au sol, d'énormes lames de bois blanc arrachées, un fourmillement d'échardes déchiquetées.

Il ne fait pas vraiment nuit.

Il s'arrête après une trentaine de pas, se retourne pour vérifier qu'il ne voit plus son jardin, ni sa maison.

Il pivote lentement sur ses talons, promène ses yeux alentour.

La forêt, partout, le regarde.

Immense.

Il se souvient, il se souvient qu'il faudra penser à faire réaccorder le piano dans la semaine.

S'attend-il à la voir la semaine suivante ?
Il l'espère, tout au moins.
Celle d'après, assurément.

Il ignore d'elle tout ce qu'il faut savoir. Ses premiers gestes le matin, la buée qu'elle laisse sur le miroir de la salle de bains, l'empreinte sombre de ses pieds mouillés sur le carrelage, la route du front de mer, le drapé de son corps dans le lit de l'hôtel, le trou de sa tête dans l'oreiller vide, si elle prend une entrée ou un dessert, les heures du jour qu'elle n'aime pas, savoir si elle regarde son café avant de le boire, le spectacle de sa nudité, le bordel dans ses papiers, le bruit de son sèche-cheveux.
Il devrait faire une scène, briser son couple, trépigner, piétiner, se rouler par terre.
Il devrait écrire une longue lettre d'amour, d'engueulade, téléphoner, faxer, envoyer des fleurs, la joindre à son travail, laisser un mot sous l'essuie-glace.
Il n'en fait rien.
Il l'a déjà fait une fois, il ne renouvellera pas l'exploit.

Et le café au distributeur sur l'autoroute ? L'ombre des persiennes balayée par les phares de voitures sur le plafond de la chambre d'hôtel ? La râpe de sa main sur sa joue rugueuse. Les premiers baisers, la bouche molle de sommeil.

Il n'en fait rien.

Assis au piano, ses yeux ne peuvent s'empêcher de dessiner sa silhouette dans le canapé, simple crayonné de la mémoire. Il relit les phrases incohérentes du carnet où ils se parlaient. Dans la nuit des draps, il pense à elle.

Il n'en fait rien.

Elle a décidé pour eux.

Et il se flatte de respecter son choix, sa liberté, son couple, sa famille.

Par impuissance. Par orgueil.

Pour célébrer une fois encore les noces éternelles de la faiblesse et de la vertu.

Dans la torpeur de l'été, quelques semaines plus tard, il reçoit une lettre d'elle. Ni carte ni mot à l'intérieur, rien qu'une grappe de bracelets roses et bleus. Une dizaine de bébés échoués récemment dans le caoutchouc de ses mains.

C'est elle qui s'inquiète, qui est partie, qui est jalouse de son silence.

Elle a laissé son adresse sur le rabat, il ne répond pas.

Elle finira bien par revenir.

Qu'elle vienne, sinon rien.

Il reçoit une autre enveloppe un mois plus tard. Puis une autre encore.

Sans doute veut-elle s'assurer une présence dans ses pensées. Car elle compte revenir, elle finira bien.

Il a toujours l'espoir de trouver un mot, rien qu'un mot.

Il lit et relit l'écriture blessée de son nom sous le timbre, ne jette pas l'enveloppe vide. Une fois vidée de ses gourmettes de plastique crénelé, l'enveloppe creuse laisse un goût d'inachevé, d'interruption volontaire.

— Allô, Louis ?

Il reconnaît sa voix.

Il n'est pas prêt.

— C'est Fanny.

Elle a un air de fausse gaieté. Il dit :

— Je pensais que tu étais morte.

Elle ne rit pas, répète, parce qu'elle n'est pas sûre :

— Morte ?

Oui, de l'humour froid, désolé, il n'est pas prêt.

— Alors, tu t'es fait du souci ?

— Non, pas trop.

Il est fier.

— Non, j'ai reçu tous les bracelets.

— Les bracelets ?

— Oui.

— Aurélie va bien ?

— Oui.

— Et Laura ?

Je t'appelle comme ça, parce que je viens d'en avoir l'idée, non, ne crois pas que je ne dors plus la nuit ou que je pense à toi tous les jours.

— Elle va bien.

Il remplit le silence comme on le fait d'un formulaire. Il ajoute :

— Elle est de mauvaise humeur en ce moment, elle est en train de faire ses dents.

Terrible politesse qui la glace. Elle préférerait qu'il l'insulte. Elle préférerait ça. Maintenant, elle regrette de l'avoir appelé. Elle sait bien pourquoi, pourquoi elle l'a fait, ce qu'elle a à lui dire, que cela ne peut se dire. Elle en est mortifiée. Elle ne sait pas si elle aura le courage de revenir, de le voir, de lui dire. Elle va raccrocher, et sait bien le risque qu'elle court. Elle a beau être sourde, mal renseignée, boucle magnétique ou pas, elle entend bien le ton mécanique de ses réponses, la rancune froide. Elle préférerait qu'il l'insulte.

— Et toi ?

— Moi, ça va, c'est bientôt la rentrée.

Elle continue de lui envoyer des enveloppes de bracelets.

Persévérante en tout.

Plusieurs fois par an.

Mais cesse un jour de mettre son adresse au dos de l'enveloppe.

Il en reçoit des dizaines et des dizaines. Des lettres légères, qu'il palpe, ouvre à peine, jette sur le frigo, sans d'autre mot manuscrit que son nom et son adresse à l'extérieur. Reçoit ainsi la trace des enfants nés dans son service. Comme un acompte, les arrhes mystérieuses de quelque nouvelle leçon.

Pendant des années.

marine, elsa, oswald, thomas, hyacinthe, étienne, mohammed, dario, félicien, juliette, pédro, matthieu, dolorès, philippe, andré, christian, carole, mamadou, anne, thomas, baptiste, simon, ivan, salam, isolde, delphine, gilles, marc, patrick, candy, charlotte, solal, éric, gilda, arnaud, kandara, claudine, hervé, corinne, jean-françois, maxence, johanna, tracy, élisabeth, pamela, brice, jeanne, solweig, jocelyne, éva, géraldine, soleiman, coralie, agnieszka, thierry, boris, clarisse, guillaume, charles, marguerite, julie, anne-isabelle, alex, arthur, rosine, céline, medhi, françois-xavier, soledad, yves, constant, cathy, leïla, odile, juste, geneviève, sixtine, émeline, tana, julien, arielle, dorothée, charlie, nathalie, nadia, carine, christiane, solène, hugues, carolina, joël, manuella, jean, mayeule, anastasia, françoise, pascal, donatien, sylvain, aude, hortense, jacqueline, valérie, gaëtan, claude, assan, élise, marysol, lionel, léon, corantine, maïlis, lara, astrid, leslie, anna, éléonore, jeanne-marie, sophie, christopher, alicia, france, gonzague, justine, marilyn, isabelle, narjès, francis, glenn, caroline, rodolphe, agnès, jean-sébastien, benoît, fidel, renaud, oriane, amélie, marlène, frédérique, kévin, natalia, berthe, ludovic, monika, aude, jacques, mathieu, hocine, peggy, judith, estelle, kildine, stanislas, aymeric, sabine, magali, roxane, anne-sophie, chantal, solenne, johnny, thomas, évelyne, julien, germaine, brigitte, bénédicte, fernand, solly, anne-lise, bernadette, abdellah, cécile, jean-christophe, théo, janine, didier, clémentine, giuseppe, juliette, olympe, marie-hélène, adelaïde, yohann, léo, solyane, marnix, françois, anne, arthur, jérôme, florian, solen, susanne, carole, jessica, dino, héloïse, lucien, xavier, malika, sofiane, barbara, dauphine, marjorie, nathalie, diane, mehryl, clotilde, élisabeth, alice, reine, gontran, emmanuelle, colin, pierre, édith, gwendoline, jean-noël, shirley, augustin, coralie, gustave, thibault, julian, sibylle, marie-line, alan, karim, solange, adrien, nathalie, ludwig, jonathan, kamel, charlotte, franceska, soline, clara, aude, astrid-marie, nancy, perrine, arnaud, diego, jérôme, félicité, ophélie, maud, mathilde, lars, magali, marion, jack, blanche, martin, élisa, carine, basile, mario, ellen, jules, cyprien, ronan, kajetan, jennifer, théodore, dinh-hai, amandine, prosper, baptiste, marius, régis, nina, monique, dora, julia, jean-yves, vincent, érika, thomas, amélie, cynthia, issa, esther, rodrigue, justine, jean-albin, florian, alain, ingrid, marianne, bastien, yann, solena, bastien, sarah, sue-ellen, joan, nuria, isolde, rachel, jean-paul, florianne, alberto, marie-lise, serge, benyoussef, lauriane, albin, djamel, louise, hubert, annette, patricia, olivier, anna, hugo, bachuong, marie-noëlle, nicolas, soltana, élodie, danielle, romuald, virginie, murielle, nathalie, henry, solveig, rosemary, inès, étienne, julian, bartosz, pascale, sophia, béranger, mélanie, joëlle, anne-christine, véronika, yvan, angélique, emrick, ida, rosalie, ghislain, julie, raquel, annie, siegfried, anne-juliette, solen, julien, avigit, victoria, ségolène, candice, martine, jean-yves, zélie, quentin, ismaila, christelle, adelina, jean-marc, tiana, jacinthe, maïwenn, doris, jean-christophe, anne, jessy, éric, solyne, hervé, antoine, bertrand, larissa, gaëlle, cyprien, mathilde, gwenaël, yannick, alex, donald, tony, séverine, teddy, arnold, sandra, thibault, sandrine, sylviane, anne-maude, clément, laurie, stanley, sabrina, carmen, denise, agnès, solenn, jacques, abdallah, jules, timour, warda, louis, tristan, manon, chloé, karen, ludivine, julie, séraphin, georges, arlette, adeline, soraya, francine, antony, paule, assia, thomas, sébastien, tayeb, doriane, enzo, aurélie, aline, david, ange-marie, béatrix, alban, charlotte, angelo, bertille, catherine, bruno, carlos, daniel, steve, candice, trinidad, annick, ulysse, axel, edgard, cassandra, aristide, pierre-jean, ali, violette, dany, driss, donatienne, victor, edie, félix, aicha, garance, élisa, gaëtan, bernard, emma, franceska, germain, alphonse, lukas, hortense, jean-baptiste, éric, amaury, esther, ignace, jean-philippe, gaston, hakim, paul, vincent, wolfgang, amanda, axelle, yanne, gino, lucie, kathy, luce, marc-olivier, khaled, loïc, franck, lou, malween, gustave, abdelaziz, marion, patrick, samuel, rosalie, roberto, jacques, even, sandra, kristell, liliane, valentin, yann, bastien, françois-xavier, zora, thierry, susana, arthur, armand, thorgal, isabelle, achille, tom, louna, béatrice, émeric, saïd, philippe, geneviève, flora, gisèle, marius, nicole, violette, marie, delphine, christine, héloïse, françois-xavier, coralie, clovis, hortense, janine, rébecca, éva, giselle, déborah, guy, julien, anne-léonore, juan, hubert, honorine, dimitri, boris, charles, antoine, emma, jacques, guiseppe, daniel, hugo, morgane, zora, farouk, marie-cécile, malika, kitty, luc, zélie, saïd, romain, oriane, nilufar, stanley, julien, steve, mercedes, bruno, karl, mischa, gloria, frédérique, béatrice, aude, joachim, jean-emmanuel, louise, sébastien, ségolène, leslie, rodolphe, annette, hasan, gwenaëlle, slimane, sophie, marie-hélène, julienne, rosa, samuel, sandra, norra, lysiane, jules, yves, violette, djessy, virgile, thibaud, jean, just, sozik, sbine, bénédicte, amandine, maryse, henri, théodora, jérôme, tatiana, florent, rita, muguette, mélanie, arthur, karen, bertha, hugo, benoît, augustin, danielle, marie-lyse, marielle, olympe, grégory, jean-éric, suzette, trinidad, dorine, valérie, ulysse, xavier, abdelkebir, mathieu, maxim, tayeb, viviane, mathieu, jack, isabelle, jean-sébastien, joseph, sabrina, ramzi, prosper, van-phuoc, amadou, théo, méryl, berthe, louis, irène, achille, bérangère, dany, charlotte, élise, fidèle, gino, thomas, jacques, kofi, léo, kamir, lise, boris, marc-olivier, marcel, faustine, gil, sébastien, encarnatión, fabio, brice, marie-france, lionel, esther, gwenaël, emmanuel, yvan, jérôme, jeanne, harold, yohann, tom, bertrand, michel, xavier, andréa, marie-christine, érika, gérald, donald, marie-élizabeth, zofia, teddy, tracy, hocine, jacques, julien, zoé, françois, yorrick, germain, frieda, garance, dolorès, enzo, dora, gustave, émeric, yvon, jaqueline, bamadou, nathalie, marcel, amélie, marie-clothilde, natalia, marceau, ania, cynthia, alicia, agnès, colette, annick, jeoffroy, dorothée, zohra, thomas, tatiana, julien, françois, tristan, théo, enzo, xavier, sébastien, julien, thomas, mardochée, valentin, urbain, gisèle, geoffrey, fernand, éric, gilles, gonzague, elsa, estelle, vassil, emrick, suzie, paul, françois, mohammed, vincent, kajetan, anne, luc, jill, bob, honorine, violette, dora, élodie, timothée, hervé, antoine, joachim, joël, clément, benjamin, vivian, suzanne, enzo, hugo, marcel, alfred, malween, lucille, loïc, loraine, baptiste, fernando, jérémie, ahmed, constance, françois, hervé, clélie, bertrand, renaud, hubert, clémentine, boualem, mamadou, bernard, armel, arnaud, isabelle, aristide, armand, géraldine, kate, esteban, sidonie, earl, jade, fabrice, daphnée, paul, julien, gédéon, théo, oriane, glenn, maïwenn, caroline, coralie, thomas, medhi, cathy, charles, aude, pedro, juliette, baptiste, arthur, johanna, mayeule, gustave, thibault, perrine, marnix, grégoire, éthel, prune, enzo, rémi, colin, fanny, évelyne, astrid, angéline, carmen, edgard, benyoussef, stéphanie, eddy, steven, maximilien, hortense, cerise, ange, héloïse, lionel, pierre-marie, marie-line, aymeric, denis, élizabeth, cathy, marguerite, roxane, hugues, sergio, shirley, mickaël, adrien, ludwig, françoise, sébastien, véronika, amélie, enzo, prosper, ronan, marion, martin, timour, dorian, bertille, julien, basile, jack, vincent, marianne, sylvette, pascale, rosalie, richard, saad, arlette, jacques, julia, jérôme, cristel, armelle, charline, cosette, cédric, dolorès, béranger, marie-noëlle, ida, djamel, danielle, nathalie, jennifer, donald, quentin, franceska, ève, thierry, émeric, béatrice, achille, isabelle, sandra, loïc, arnold, hubert, pascale, rachel, henry, érika, rosemary, ludovic, betty, gisèle, marie, delphine, philippe, romain, manon, jessy, félicien, saïd, carole, françois, nathan, marion, muriel, maïlis, joël, caroline, adolphe, dorothée, sophie, léon, thomas, sébastien, clément, paul, sofiane, baptiste, jocelyne, maxence, jean-baptiste, karine, hugues, flore, massimo, soraya, stephen, jean-françois, julian, perrine, geneviève, narjès, oriane, amélie, shirley, donatien, françois, pierre-damien, christopher, nadia, djamel, vicente, xavier, johnny, justine, jean-pascal, aurélie, amélie, enzo, albin, sidonie, victor, jérémy, romuald, amandine, bachuong, diego, ségolène, julie, séraphin, alban, yann, lou, audrey, kévin, inès, anthony, patrick, zakariyya, céline, marc, phuong mai, alexandra, sarah, mélody, james, ruben, john, jean-christophe, gaspard, hoang duc, crînguta, axel, thierry, gwendoline, bastien, susana, eddie, paule, karl, annick, amaury, virginie, chantal, raquel, simon, driss, constant, bertille, quentin, zdenka, armelle, yves, marie-clothilde, théodora, stéphane, élodie, france, jean-yves, sébastien, hervé, antoine, ellen, ingrid, zoé, louis, pierre-alexandre, esther, sandra, bob, lou, stella, soizick, serge, julia, justine, paul, driss, bérénice, khaled, vincent, luce, jeanne-marie, arnold, ludivine, gaëlle, henry, tony, émile, théo, gaëtan, garance, ali, thomas, david, chloé, janvier, élodie, manon, wanda, fabien, gaëlle, fatma, virginie, roxana, alexe, paule, gwenaël, georgie, colette, marie-charlotte, sébastien, artémise, adeline, anne-maude, nuria, marianne, alexandre, jérôme, magali, arnaud, ophélie, martin, séverine, antoine,

Dix-sept ans.

Puis rien.
Sa boîte devient muette.
Elle cesse de lui écrire.
Dix-sept ans. Il a peur. Il s'est habitué à cette correspondance, mesure l'importance qu'ont prises pour lui ces enveloppes à moitié vides, froissements de papier sans surprise, écume des jours qui lui chuchotait à l'oreille : je suis en vie.

Arthur Rimbaud

Et cette année-là, un matin froid, quelques coups donnés à une porte, au fond d'une impasse, en région parisienne. Un homme d'une cinquantaine d'années dans un manteau droit, une grande écharpe passée trois fois autour du cou, les yeux très bleus et les lèvres très rouges. Louis a une main sur la poignée et une cuillère dans l'autre, qu'il nettoie avec sa langue, sans gêne, devant l'homme.

— Vous êtes bien Louis ?

Il l'est, et c'est inquiétant de l'être, de si bonne heure.

— Vous connaissez Fanny ? C'est bien chez vous qu'elle venait prendre des cours de piano ?

Il ajoute :

— Des cours, il y a longtemps.

Il fait entrer l'homme, avec une impression de pagaille dans les intestins, de déjà-vu.

— Vous êtes Vincent ?

L'autre se retourne, surpris, hoche la tête, oui, c'est ça. Lui non plus ne s'attendait pas à être Vincent pour cet homme-là, si vite.

Ils se regardent, silencieux, comme si un flot inexpliqué de souvenirs les submergeait l'un et l'autre, près du piano, de Fanny, sur les lieux du crime, longtemps après, alors que la peinture, les meubles, les plinthes et le châssis des fenêtres ont été changés depuis.

Des poils irréguliers, noirs et blancs, courent sur les joues de Louis. Des rides plissent un peu son front, partent de ses yeux en pattes d'oie. Un vieux loup maigre efflanqué. La vie a fait doucement son travail, ce qu'elle sait faire de mieux. L'homme le dévisage trait à trait, cherche quelque chose, qui s'y trouve peut-être.

Par la fenêtre, dans le jardin, une femme agenouillée. En manteau, bien matinale, des gants de jardinage aux mains, qui s'affaire dans un massif, le prépare à la venue de l'hiver.

L'homme a l'air sûr de son droit, par sa façon désagréable de regarder autour de lui.

Louis se demande si, à tout hasard, il n'est pas venu pour l'intimider, ou lui faire des reproches, à retardement, comme certains jaloux – ce serait trop beau pour être vrai, si tard.

L'homme à l'écharpe dit doucement :

— Vous le savez peut-être, elle est morte cet été.

Non, il ne savait pas.

— Non, je ne savais pas.

— Pour l'accident, vous ne saviez pas ?

— Non.

— Elle est morte cet été, elle a eu un accident, elle a été renversée, quelqu'un l'a renversée en voiture, elle a eu un accident, oui.

Louis va dans la cuisine, pose lentement sa cuillère sur le rebord de l'évier, morte. Cet été. Une voiture.

Des mots.

Depuis le salon, l'autre ajoute avec une lenteur appuyée :

— Je suis venu pour vous le dire...

Il se corrige, bas :

— Enfin, non, je pensais que vous le saviez, non.

Plus bas encore, tourné vers la fenêtre sans doute, parce que sa voix est plus lointaine :

— Non, je suis venu parce qu'il faudrait que vous rencontriez mes enfants.

Louis pose une main sur le rebord métallique de l'évier.

Elle est morte.

On ne lui laisse le temps de rien.

Fanny est morte.

Rencontrer ses enfants.

Morte.

— Vos enfants ?

Sa voix résonne étrangement dans la cuisine. Revenir sur terre, mettre un peu d'ordre. Faire comme elle ce matin, au fond du jardin, depuis plus d'une heure, la tête couverte d'un bonnet en laine, un peu d'ordre.

— Vous voulez que je rencontre Nathalie... Nathalie et Matéo ?

Parce qu'il connaît toute la famille, tous les prénoms, qu'on ne s'y trompe pas.

Il doit parler dans sa direction, vers la porte de la cuisine, sa voix est plus forte :

— Oui, Matéo, Myriam et Nathalie.

Il réapparaît.

— Vous avez une fille qui s'appelle Myriam ?

— Oui.

Et il ajoute, pour lui-même :

— Vous ne saviez pas.

Il n'en finit pas de regarder autour de lui.

Sa voix se fait plus douce :

— Vous ne saviez pas non plus. Je suis désolé.. j'arrive comme ça…

Il fouille une poche de son manteau, qu'il a encore sur les épaules.

— Attendez, j'ai quelque chose, je pense que, enfin je ne sais pas…

Il lui tend une enveloppe, pas de timbre, juste une adresse, dont Louis reconnaît l'écriture. Il la saisit, l'éventre sous ses yeux.

À l'intérieur, un bracelet.

Rose.

Celui d'une petite Myriam, née à six heures trente-quatre, lourde de trois kilos et deux cents grammes. Il déchiffre le petit bracelet, le relit plusieurs fois.

Les deux hommes ont les yeux baissés sur le bout de plastique. Celui au manteau, soudain plus calme, n'ose pas s'approcher pour mieux lire.

Louis demande :

— Elle a dix-sept ans, alors ?

Six heures trente-quatre.

— Oui, elle vient de les avoir.

Il a dans la main l'enveloppe esseulée, la seule qui ne lui soit jamais parvenue. Il dit, perdu :

— Elle doit être triste.

L'homme fait signe que oui.

Louis se dirige lentement vers un bureau, machinal, amène un tiroir, sort un cahier, l'ouvre, y griffonne quelque chose. L'autre le regarde faire, sans comprendre, se demande ce qu'il peut bien avoir à écrire maintenant, dans un moment pareil.

Il referme le tiroir avec douceur, se tourne vers lui, sans le voir vraiment. Il a un regard triste et doux, celui d'un petit garçon ridé sous des cheveux gris. Il pense à cette troisième grossesse qui a dû lui être fatale, l'essoriller pour de bon, l'empêcher à jamais d'entendre ne serait-ce qu'une fois la voix de sa petite fille. Il se laisse lentement descendre sur une chaise.

— Vous voulez que je voie vos enfants ?

L'homme, debout, le regarde, continue de hocher la tête.

— Oui.

— Vous voulez que... vous leur avez parlé de moi ?

— Oui.

— Qu'est-ce que vous leur avez dit ?

— Ce que je savais. Ce que Fanny m'a dit.

Louis lève les yeux, éperdu, ne sachant ce qu'il faut comprendre, dire, penser, accepte l'idée qu'il ne faille pas tout dire.

— Ils savent que vous êtes là ?

— Oui, je leur ai dit.

— Vous pensez, vous pensez qu'ils veulent me voir, qu'ils se souviennent de moi ?

— J'en suis sûr.

Il y a tellement d'amour dans son « j'en suis sûr ». Il a fait la route. Il faut aimer beaucoup.

Il ajoute :

— Myriam, elle voudrait vous voir, elle aussi.

— Myriam ?

— J'en suis sûr.

Il sourit :

— On n'est pas sérieuse quand on a dix-sept ans, hein ?

Louis fait non de la tête. Il sent une chaleur monter doucement à l'intérieur, lentement.

Comme il doit faire pitié, assis là, sur cette chaise, rassis. Il a l'air tellement fort, lui, debout, le père des triplés, à accomplir des miracles sans ôter son manteau. Les mains dans les poches, il regarde autour de lui, le canapé, les étagères, le piano.

— En fait, je me disais qu'on pourrait y aller aujourd'hui, si vous étiez d'accord. Maintenant, même.

— Chez vous ?

— Oui, je vous emmène en voiture, on y va et je vous ramène.

Là ? Tout de suite ?

Elle est morte. On ne lui laisse le temps de rien. Fanny est morte. Les rencontrer. Nathalie, Matéo. Ses enfants. Myriam. Trois kilos et deux cents grammes. Elle est morte. Y aller, tout de suite.

On propose même de le ramener.

— Je ne sais pas.

On propose même de le ramener.

Il n'a pas le choix.

Dix-sept ans, et maintenant, l'urgence.

À l'instant où il le dit, il ne parviendrait pas à se lever, mais le dit malgré tout, résigné, reconnaissant, montrant qu'il a compris, que tout cela est bien, incroyable, cet homme, son écharpe, ici, chez lui, mérite tous les efforts :

— Ah. Vous voulez que je vienne aujourd'hui ? Maintenant ? Pourquoi pas… peut-être, oui.

Il ne se lève pas.

Il pense : « Alors, c'est moi ? »
Il pense : « Alors, c'est moi ? »
Il pense : « Alors c'est moi, c'est moi qui ai achevé de l'assourdir ? »

Vincent enfonce ses mains plus profondément dans ses poches, le regarde attentivement, ému à son tour, devant cet homme qui n'a pas changé d'adresse, qu'il ne parvient pas à détester, dont il exige tant de choses. Il pense qu'ils doivent être en train de lire son mot sur la table. Ils dormaient quand il est parti. C'était convenu aujourd'hui, ils en parlaient encore hier. Il a juste écrit : « J'y vais, à tout à l'heure, papa. » Jamais comme maintenant, avec autant d'amour, la même conviction, il n'a écrit le mot « papa ».

Il ne se lèvera jamais de sa chaise.

— Vous voulez, vous voulez qu'on attende un petit peu avant d'y aller ?

Les yeux de Louis remontent lentement le long du manteau interminable, jusqu'aux yeux clairs penchés sur lui :

— Oui, je veux bien.

L'autre se décide enfin à se déshabiller, avec le sentiment qu'il aurait dû commencer par là, retirer tranquillement son manteau – s'il l'avait fait dès le début, on n'en serait peut-être pas là. Il pose sa parka en travers du canapé, s'assoit à côté. Quand il n'est plus debout, il paraît plus vulnérable. Il jette de brefs regards incertains à Louis. Alors il n'est plus seul, à pleurer cette femme ?

Louis baisse les yeux. Il voudrait dire quelque chose mais ne sait pas. Il se sentirait presque coupable d'être là, s'excuserait bientôt d'être en retard, très en retard. Alors, poliment, il demande si sa femme peut venir avec lui. Vincent jette un regard par la fenêtre. Il a besoin d'elle, on l'entend dans sa voix. Alors il s'empresse d'articuler, d'une voix qui se veut rassurante :

— Bien sûr, oui, si tu veux, si tu veux.

Il réfléchit, cherche dans sa mémoire :

— C'est comment ? Aurélie ? Elle s'appelle Aurélie, c'est bien ça ?

Et Louis se tourne vers la fenêtre, regarde la forêt si noire, tout au fond, et elle, agenouillée, chaudement vêtue, qui débroussaille le jardin, décape, nettoie, arrache les feuilles fanées, les racines enterrées, les fruits momifiés, coupe les derniers rameaux, divise les vivaces, rabat les rosiers. Il regarde la forêt si noire, tout au fond, et elle, chaudement vêtue, qui s'interpose, courageusement, entre les arbres et la maison.

Il voudrait crier son nom.

La serrer dans ses bras.

De toutes ses forces.

Après le départ de Louis, pendant que son père le raccompagne, elle pose le cahier sur ses genoux, celui qu'il vient de lui donner.

Il y a la mort qui ferme des cercueils, qui ouvre des boîtes à chaussures, qui décachette des enveloppes, qui vide des comptes bancaires, celle qui ouvre des cahiers.

Un cahier de musique, celui-ci.

Sans aucune note inscrite, seulement des prénoms griffonnés entre les lignes, à différentes hauteurs, ou, le plus souvent, en dehors de la portée. Une liste horizontale de prénoms écrits à l'encre noire, rouge, bleue, claire, foncée, au crayon à papier, au Bic, au feutre, avec le premier stylo qui passait sous la main. Tout un cahier comme ça, noir de monde, qu'elle feuillette lentement, sans comprendre.

Sinon qu'à la dernière page, coincé entre deux lignes étroites, il y a le sien.

laura, nathan, françois, sylvie, rose, warda, cyril, iris, enzo, violette, élodie, gladys, victor, hortense, romain, manon, adam, vincent, ingrid, paul, antoine, benoît, jacques, séverine, daphné, david, cédric, erwann, blandine, luc, marine, elsa, oswald, thomas, hyacinthe, étienne, mohammed, dario, félicien, juliette, pédro, matthieu, dolorès, philippe, andré, christian, carole, mamadou, anne, thomas, baptiste, simon, ivan, salam, isolde, delphine, gilles, marc, patrick, candy, charlotte, solal, éric, gilda, arnaud, kandara, claudine, hervé, corinne, jean-françois, maxence, johanna, tracy, élisabeth, pamela, brice, jeanne, solweig, jocelyne, éva, géraldine, soleiman, coralie, agnieszka, thierry, boris, clarisse, guillaume, charles, marguerite, julie, anne-isabelle, alex, arthur, rosine, céline, medhi, françois-xavier, soledad, yves, constant, cathy, leïla, odile, juste, geneviève, sixtine, émeline, tana, julien, arielle, dorothée, charlie, lucile, nadia, carine, christianne, solène, hugues, carolina, joël, manuella, jean, mayeule, anastasia, françoise, pascal, donatien, sylvain, aude, hortense, jacqueline, valérie, gaëtan, claude, assan, élise, mary-sol, lionel, léon, corantine, maïlis, lara, astrid, leslie, anna, éléonore, jeanne-marie, sophie, christopher, alicia, france, gonzague, justine, marilyn, isabelle, narjès, francis, glenn, caroline, rodolphe, agnès, jean-sébastien, benoît, fidel, renaud, oriane, amélie, marlène, frédérique, kévin, natalia, berthe, ludovic, monika, aude, jacques, mathieu, hocine, peggy, judith, estelle, kildine, stanislas, aymeric, sabine, magali, roxane, anne-sophie, chantal, solenne, johnny, thomas, évelyne, julien, germaine, brigitte, bénédicte, fernand, solly, anne-lise, bernadette, abdellah, cécile, jean-christophe, théo, janine, didier, clémentine, giuseppe, juliette, olympe, marie-hélène, adelaïde, yohann, léo, solyane, marnix, françois, anne, arthur, jérôme, florian, solen, susanne, carole, jessica, dino, héloïse, lucien, xavier, malika, sofiane, barbara, dauphine, marjorie, nathalie, diane, mehryl, clotilde, élisabeth, alice, reine, gontran, emmanuelle, colin, pierre, édith, gwendoline, jean-noël, shirley, augustin, coralie, gustave, thibault, julian, sibylle, marie-line, alan, karim, solange, adrien, nathalie, ludwig, jonathan, kamel, charlotte, franceska, soline, clara, aude, astrid-marie, nancy, perrine, arnaud, diego, jérôme, félicité, ophélie, maud, mathilde, lars, magali, marion, jack, blanche, martin, élisa, carine, basile, mario, ellen, jules, cyprien, ronan, kajetan, jennifer, théodore, dinh-hai, amandine, prosper, baptiste, marius, régis, nina, monique, dora, julia, jean-yves, vincent, érika, thomas, amélie, cynthia, issa, esther, rodrigue, justine, jean-albin, florian, alain, ingrid, marianne, bastien, yann, solena, bastien, sarah, sue-ellen, joan, nuria, isolde, rachel, jean-paul, florianne, alberto, marie-lise, serge, benyoussef, lauriane, albin, djamel, louise, hubert, annette, patricia, olivier, anna, hugo, bachuong, marie-noëlle, nicolas, soltana, élodie, danielle, romuald, virginie, murielle, nathalie, henry, solveig, rosemary, inès, étienne, julian, bartosz, pascale, sophia, béranger, mélanie, joëlle, anne-christine, véronika, yvan, angélique, emrick, ida, rosalie, ghislain, julie, raquel, annie, siegfried, anne-juliette, solen, julien, avigit, victoria, ségolène, candice, martine, jean-yves, zélie, quentin, ismaila, christelle, adelina, jean-marc, tiana, jacinthe, maïwenn, doris, jean-christophe, anne, jessy, éric, solyne, hervé, antoine, bertrand, larissa, gaëlle, cyprien, mathilde, gwenaël, yannick, alex, donald, tony, séverine, teddy, arnold, sandra, thibault, sandrine, sylviane, anne-maude, clément, laurie, stanley, sabrina, carmen, denise, agnès, solenn, jacques, abdallah, jules, timour, warda, louis, tristan, manon, chloé, karen, ludivine, julie, séraphin, georges, arlette, adeline, soraya, francine, antony, paule, assia, thomas, sébastien, tayeb, doriane, enzo, aurélie, aline, david, ange-marie, béatrix, alban, charlotte, angelo, bertille, catherine, bruno, carlos, daniel, steve, candice, trinidad, annick, ulysse, axel, edgard, cassandra, aristide, pierre-jean, ali, violette, dany, driss, donatienne, victor, edie, félix, aicha, garance, élisa, gaëtan, bernard, emma, franceska, germain, alphonse, lukas, hortense, jean-baptiste, éric, amaury, esther, ignace, jean-philippe, gaston, hakim, paul, vincent, wolfgang, amanda, axelle, yanne, gino, lucie, kathy, luce, marc-olivier, khaled, loïc, franck, lou, malween, gustave, abdelaziz, marion, patrick, samuel, rosalie, roberto, jacques, even, sandra, kristell, liliane, valentin, yann, bastien, françois-xavier, zora, thierry, susana, arthur, armand, thorgal, isabelle, achille, tom, louna, béatrice, émeric, saïd, philippe, geneviève, flora, gisèle, marius, nicole, violette, marie, delphine, christine, solange, héloïse, françois-xavier, coralie, clovis, hortense, janine, rébecca, éva, giselle, déborah, guy, julien, anne-léonore, juan, hubert, honorine, dimitri, boris, charles, antoine, emma, jacques, guiseppe, daniel, hugo, morgane, zora, farouk, marie-cécile, malika, kitty, luc, zélie, saïd, romain, oriane, nilufar, stanley, julien, steve, mercedes, bruno, karl, mischa, gloria, frédérique, béatrice, aude, joachim, jean-emmanuel, louise, sébastien, ségolène, leslie, rodolphe, anette, hasan, gwenaëlle, slimane, sophie, marie-hélène, julienne, rosa, samuel, sandra, norra, lysiane, jules, yves, violette, djessy, virgile, thibaud, jean, just, sozik, sbine, bénédicte, amandine, maryse, henri, théodora, jérôme, tatiana, florent, rita, muguette, mélanie, arthur, karen, bertha, hugo, benoît, augustin, danielle, marie-lyse, marielle, olympe, grégory, jean-éric, suzette, trinidad, dorine, valérie, ulysse, xavier, abdelkebir, mathieu, maxim, tayeb, viviane, mathieu, jack, isabelle, jean-sébastien, joseph, sabrina, ramzi, prosper, van-phuoc, amadou, théo, méryl, berthe, louis, irène, achille, bérangère, dany, charlotte, élise, fidèle, gino, thomas, jacques, kofi, léo, kamir, lise, boris, marc-olivier, marcel, faustine, gil, sébastien, encarnatión, fabio, brice, marie-france, lionel, esther, gwenaël, emmanuel, yvan, jérôme, jeanne, harold, yohann, tom, bertrand, michel, xavier, andréa, marie-christine, érika, gérald, donald, marie-élizabeth, zofia, teddy, tracy, hocine, jacques, julien, zoé, françois, yorrick, germain, frieda, garance, dolorès, enzo, dora, gustave, émeric, yvon, jaqueline, bamadou, nathalie, marcel, amélie, marie-clothilde, natalia, marceau, ania, cynthia, alicia, agnès, colette, annick, jeoffroy, dorothée, zohra, thomas, tatiana, julien, françois, tristan, théo, enzo, xavier, sébastien, julien, thomas, mardochée, valentin, urbain, gisèle, geoffrey, fernand, éric, gilles, gonzague, elsa, estelle, vassil, emrick, suzie, paul, françois, mohammed, vincent, kajetan, anne, luc, jill, bob, honorine, violette, dora, élodie, timothée, hervé, antoine, joachim, joël, clément, benjamin, vivian, suzanne, enzo, hugo, marcel, alfred, malween, lucille, loïc, loraine, baptiste, fernando, jérémie, ahmed, constance, françois, hervé, clélie, bertrand, renaud, hubert, clémentine, boualem, mamadou, bernard, armel, arnaud, isabelle, aristide, armand, géraldine, kate, esteban, sidonie, earl, jade, fabrice, daphnée, paul, julien, gédéon, théo, oriane, glenn, maïwenn, caroline, coralie, thomas, medhi, cathy, charles, aude, pedro, juliette, baptiste, arthur, johanna, mayeule, gustave, thibault, perrine, marnix, grégoire, éthel, prune, enzo, rémi, colin, fanny, évelyne, astrid, angéline, carmen, edgard, benyoussef, stéphanie, eddy, steven, maximilien, hortense, cerise, ange, héloïse, lionel, pierre-marie, marie-line, aymeric, denis, élizabeth, cathy, marguerite, roxane, hugues, sergio, shirley, mickaël, adrien, ludwig, françoise, sébastien, véronika, amélie, enzo, prosper, ronan, marion, martin, timour, dorian, bertille, julien, basile, jack, vincent, marianne, sylvette, pascale, rosalie, richard, saad, arlette, jacques, julia, jérôme, cristel, armelle, charline, cosette, cédric, dolorès, béranger, marie-noëlle, ida, djamel, danielle, nathalie, jennifer, donald, quentin, franceska, ève, thierry, émeric, béatrice, achille, isabelle, sandra, loïc, arnold, hubert, pascale, rachel, henry, érika, rosemary, ludovic, betty, gisèle, marie, delphine, philippe, romain, manon, jessy, félicien, saïd, carole, françois, nathan, marion, muriel, maïlis, joël, caroline, adolphe, dorothée, sophie, léon, thomas, sébastien, clément, paul, sofiane, baptiste, jocelyne, maxence, jean-baptiste, karine, hugues, flore, massimo, soraya, stephen, jean-françois, julian, perrine, geneviève, narjès, oriane, amélie, shirley, donatien, françois, pierre-damien, christopher, nadia, djamel, vicente, xavier, johnny, justine, jean-pascal, aurélie, amélie, enzo, albin, sidonie, victor, jérémy, romuald, amandine, bachuong, diego, ségolène, julie, séraphin, alban, yann, lou, audrey, kévin, inès, anthony, patrick, zakariyya, céline, marc, phuong mai, alexandra, sarah, mélody, james, ruben, john, jean-christophe, gaspard, hoang duc, crînguta, axel, thierry, gwendoline, bastien, susana, edie, paule, karl, annick, amaury, virginie, chantal, raquel, simon, driss, constant, bertille, quentin, zdenka, armelle, yves, marie-clothilde, théodora, stéphane, élodie, france, jean-yves, sébastien, hervé, antoine, ellen, ingrid, zoé, louis, pierre-alexandre, esther, sandra, bob, lou, stella, soizick, serge, julia, justine, paul, driss, bérénice, khaled, vincent, luce, jeanne-marie, arnold, ludivine, gaëlle, henry, tony, émile, théo, gaëtan, garance, ali, thomas, david, chloé, janvier, élodie, manon, wanda, fabien, gaëlle, fatma, virginie, roxana, alexe, paule, gwenaël, georgie, colette, marie-charlotte, sébastien, artémise, adeline, anne-maude, nuria, marianne, alexandre, jérôme, magali, arnaud, ophélie, martin, séverine, antoine, myriam…

Table

Composé par Nord Compo
à Villeneuve-d'Ascq

Achevé d'imprimer sur les presses de

BUSSIÈRE

GROUPE CPI

à Saint-Amand-Montrond (Cher)
en juin 2005

N° d'édition : 4193. — N° d'impression : 052439/1.
Dépôt légal : juin 2005.

Imprimé en France